침략자 장편소설

FUSION FANTASTIC STORY

작가
정규현

작가 정규현 7

침략자 장편소설

초판 1쇄 찍은 날 § 2018년 11월 6일
초판 1쇄 펴낸 날 § 2018년 11월 13일

지은이 § 침략자
펴낸이 § 서경석

총괄팀장 § 최하나
편집책임 § 김슬기

펴낸곳 § 도서출판 청어람
등록번호 § 제387-1999-000006호
등록일자 § 1999. 5. 31
어람번호 § 제1-2970호

주소 § 경기도 부천시 부일로 483번길 40 서경B/D 3F (우) 14640
전화 § 032-656-4452 팩스 § 032-656-4453
http://www.chungeoram.com
E-mail § chungeorambook@daum.net

ISBN 979-11-04-91864-3 04810
ISBN 979-11-04-91746-2 (세트)

침략자 장편소설

FUSION FANTASTIC STORY

7

작가
정규현

작가 정규현

Contents

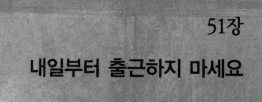

51장

내일부터 출근하지 마세요

[xiexie: 원래 SF는 잘 안 읽는데 이건 너무 재밌어서 한 번에 다 읽어버렸네요. 내용이 어렵지도 않고 쉽게 접근할 수 있어서 SF 입문용으로 강추합니다.]

[piaoliang: 기존의 SF와는 비슷한 것 같으면서도 다르네요. 현대 판타지에 조금 가까운 것 같기도 하고… 약간 장르가 애매한 작품이지만 재미는 확실합니다.]

[duibuqi: 처음엔 SF라서 손이 안 갔어요. 뒤늦게 추천받아서 읽고 있는데 조금 더 빨리 읽을 걸 하고 후회 중입니다!]

병규의 SF 소설 리턴 테라포밍은 B급의 해외 흥행 스탯을 가진 작품답게 중국에 출간되자마자 큰 반향을 일으켰다.

증쇄가 끊이질 않았고 동시에 출간된 이북 또한 엄청난 매출을 기록하고 있었다.

시간이 부족해서 1권만 공개했음에도 불구하고 격한 환영을 받았는데, 한국과는 다르게 중국에선 1권만 공개하는 경우도 많아서 1권만 공개해도 크게 흠이 되지는 않았다.

─한국에 공개해도 될 것 같습니다.

중국의 흥행 성공으로 자신감을 회복한 병규는 당당하게 한국 출간을 부탁했다. 우선 중국에서의 반응을 보고 한국에서의 출간 여부를 결정하기로 계약서에 합의되어 있었기 때문에 규현은 리턴 테라포밍의 한국 출간을 진행했다.

이미 한국어판 원고가 확보되어 있었기 때문에 2권 원고만 넘겨받는다면 간단한 편집만 거쳐서 출간할 수 있는 상황이었다.

"작가님, 국내 SF 시장은 사실상 죽어 있기 때문에 큰 기대를 하지 않는 게 좋습니다. 리턴 테라포밍은 사실상 해외를 겨냥한 작품입니다. 그러니 국내 성적이 저조하더라도 너무 마음에 두지 마세요."

─걱정 마세요. 기대하지 않아요.

리턴 테라포밍의 국내 흥행 스탯이 종합 등급에 비해 높지 않다는 것을 확인한 규현은 병규가 실망하지 않도록 미리 언질을 주었으나 대답하는 병규의 목소리에서 묘한 기대감을 느낄 수 있었다.

중국에서 크게 흥행하고 있기 때문에 한국에서도 당연할 거라고 생각하고 있는 것 같았다.

병규는 경험이 많은 작가였지만 예상치 못한 흥행은 그의 이성을 마비시키기에 충분했다.

"석규 씨, 리턴 테라포밍 2권 원고 도착하는 대로 우선적으로 편집해 주세요."

국내 흥행 스탯을 보면 한국에서도 나름 인기는 있겠지만 중국의 흥행에 비하면 한참 부족할 정도였다.

국내 성적을 보고 병규가 크게 상심하지 않기를 바라며 규현은 석규에게 리턴 테라포밍을 우선적으로 편집하도록 지시했다.

"리턴 테라포밍의 한국 출간일은 언제쯤이죠?"

석규가 질문했다. 출간일을 알아두면 여러모로 스케줄을 조정하는 데 편했다.

"일단 김병규 작가님이 원고를 보내주셔야 알겠지만 가능하면 11월에는 출간했으면 합니다."

11월은 얼마 남지 않았고 아직 원고도 받지 못했지만 우선적으로 편집한다면 11월에 출간할 수 있었다.

석규에게 지시 사항을 전달한 규현은 교토 북스에 리턴 테라포밍 1권 원고를 첨부한 메일을 보냈다.

해외 흥행 스탯이 높은 리턴 테라포밍을 최대한 활용하기 위해서였다.

[교토 북스입니다. 보내주신 원고는 잘 읽었습니다. 검토를 맡은 한국인 직원인 서상호 대리 말로는 일본 시장에서 분명히 먹힐 것이라고 하더군요. 서상호 대리 외에도 번역가의 도움을 받아 초반부는 기획팀 전체가 읽어보았습니다. 정규현 작가님의 추천작답게 재밌었습니다. 저희는 출간을 진행할 의사가 있습니다. 다만 올해는 이미 늦었으니 내년 1월에 출간하는 게 좋을 것 같습니다.]

기사 이야기 출간 이후, 규현과의 원활한 소통을 위해 한국인 직원을 고용한 교토 북스는 메일을 보내자마자 출간 의사를 밝히며 답장을 빠르게 보내주었다.

규현은 감사하다는 말과 함께 출간 진행을 부탁한다는 메일을 보냈고 시간을 흘러 어느덧 11월이 되었다.

강예리 작가의 적월의 꽃 영문판이 아마존에 출간되었고 일본어판이 일본에 출간되었다. 귀환 영웅 역시 아마존에 출간되었다.

이미 규현은 일본에서 자리를 잡았기 때문에 일본인들이 그의 작품에 열광하는 것은 당연한 일이었다.

해외 흥행 스탯이 C 정도 되었기 때문에 미국인들 또한 귀환 영웅에 어느 정도 열광적인 모습을 보였다.

예리의 적월의 꽃 또한 처음으로 해외에 출간된 그녀의 작품치고는 일본과 미국에서 반응이 매우 좋았다.

[wkrrk123: 재미없음.]

[wjdrbgus101: 볼만하긴 한데 취향 좀 타는 것 같음.]

[xxxzkvpfkEp: 저는 일단 1권 하차.]

[tmxkqjrtm: 큭, 크아아악!]

귀환 영웅과 적월의 꽃의 해외 흥행 성적은 준수한 편이었지만 그에 비해 한국에서의 성적은 규현의 예상보다 좋지 않았다.

리뷰는 많았지만 내용을 살펴보면 호불호가 극심하게 갈렸다. 어떤 리뷰는 아무런 의견도 없이 의미 없는 말만 써서 병규의 마음을 아프게 했다.

─생각보다 성적이 좋지 않은 것 같습니다. 아직 매출은 집계되지 않았지만 리뷰를 보니까 대충 알 것 같네요.

어느 날, 병규는 규현에게 전화를 걸어 한탄했다.

티를 내지 않으려고 했지만 그의 목소리에서는 실망한 기색이 역력했다. 만약에 한국에서 먼저 출간했거나 중국에서의 성적이 좋지 않았다면 그는 글 쓰는 것을 깨끗하게 포기했을지도 몰랐다.

"제가 말씀드렸지만 리턴 테라포밍은 한국에선 크게 성공하기 힘든 소재입니다. 해외를 노려야 해요."

─그건 알고 있지만 아무래도 사람의 욕심은 끝이 없다 보니 자꾸만 기대하게 되네요.

"대신 내년 1월에 일본에서 출간될 예정이니 일본 흥행을 기대해 보죠."

─네, 알겠습니다.

병규와 통화를 끝낸 규현이 회의실에서 나와 자리로 돌아갔다.

출근한 지 얼마 되지 않은 시간이었기 때문에 규현은 원고를 작업하기 전에 메일함을 확인했다. 그리고 ABO 드라마 기획국에서 보낸 메일이 있는 것을 확인할 수 있었다.

'에피소드 3의 대본이 도착한 건가? 생각보다 늦었네.'

얼마 전에 에피소드 2의 대본을 받았고 내용을 검토해서 답장을 보냈었다.

미드의 특성상 여러 명의 메인 작가가 각자 에피소드 대본을 작성하기 때문에 한 번에 에피소드 대본들이 도착하는 경우가 많았지만 이상하게 대본이 늦어지고 있었다.

스토리를 검토할 때 각 에피소드의 스토리가 거의 동시에 온 것과는 대조적이었다.

[안녕하세요. ABO 드라마 기획국 필 하스너입니다. 촬영 일 정이 잡혔습니다. 작품의 완성도를 위해 작가님께서 촬영 현장 에 함께해 주시면 감사할 것 같습니다.]

메일을 열어 확인해 보니 촬영 현장에 참석해 달라는 내용 의 메일이었고 규현은 고민했다.

규현이 하고 있는 일의 특성상 사무실을 비워도 상관없었 지만 현재 북페이지와 관계가 좋지 않은 만큼 즉각 대응하기 위해선 사무실을 지키는 것이 좋았다.

"형, 왜 그러세요?"

고민하는 규현을 보며 상현이 물었다.

"잠시만."

규현은 그렇게 대답한 후 필 하스너에게 얼마나 촬영 현장 모니터링을 해야 하는지에 대해 묻는 메일을 보냈다.

한국은 오전이었지만 미국은 늦은 오후로 퇴근 시간이 지났 기 때문에 빠른 답장은 기대하지 않았지만 얼마 지나지 않아 서 필 하스너로부터 답장이 도착했다.

[안녕하세요, 작가님. ABO 기획국 필 하스너입니다. 정확한 기간은 장담해 드릴 수 없습니다만 가장 중요한 에피소드 1과 2에서도 중요한 장면을 먼저 촬영하도록 스케줄을 조정해 보겠습니다. 이 경우, 작가님께서 미국에 체류할 기간은 짧아질 것으로 예상됩니다.]

필은 정확하게 대답하지 않았지만 메일 내용으로 보아 그렇게 미국 체류 기간이 길지 않을 것으로 예상되었다.

규현이 가장 우려했던 것은 모든 에피소드의 촬영 모니터링이었는데 다행히 메일 내용으로 보아 그런 것은 아닌 것 같았다.

"아무래도 미국으로 가야 할 것 같습니다."

"미국이요?"

규현의 말에 가장 가까운 곳에 있는 칠흑팔검이 두 눈을 동그랗게 뜨고 물었다.

"네. 시즌 메인 작가로서 촬영에 참가해 달라고 하네요."

"지금 중요한 순간인데 형이 몇 개월이나 자리를 비우시면 저흰 어떻게 해요?"

"걱정하지 않아도 돼. 그렇게 길게 있을 건 아니야. 에피소드 1과 2의 중요 장면 촬영만 참가하고 바로 돌아올 거야."

규현이 간단한 설명으로 상현의 오해를 풀어주었다.

"대표님, 그럼 언제 출발하시는 건가요?"

하은이 물었다.

규현의 일정을 파악해 둘 필요가 있었다.

"자세한 일정은 잡히지 않았지만 최대한 빨리 와달라고 했으니, 이번 주 안에는 미국행 비행기에 탑승할 것 같네요. 어쩌면 당장 내일 탈 수도 있고요."

"급한 일이 있으면 전화하겠습니다."

"네. 스마트폰은 24시간 켜둘 테니 새벽에 전화하셔도 받겠습니다."

그렇게 대답한 규현이 혹시나 싶어 다시 메일함을 확인했을 땐 비행기 탑승편이 확보되는 대로 뉴욕으로 와달라는 필의 메일이 도착해 있었고, 며칠 후 규현은 가장 먼저 출발하는 비행기를 타고 뉴욕으로 향했다.

$*$　　　　　$*$　　　　　$*$

입국 심사를 끝낸 규현은 주변을 이리저리 둘러보며 걸었다.

보조 작가로 미국에 왔을 때와는 달리, ABO 드라마 기획국에서 직원을 보내주기로 했기 때문이었다.

"정규현 작가님!"

멀지 않는 곳에서 익숙한 목소리가 들려서 고개를 돌리니 그곳에 ABO 드라마 기획국 직원 필 하스너가 있었다.

규현은 필이 있는 곳을 향해 발걸음을 재촉했다.

거리가 가까워진 두 사람은 가볍게 악수를 했다.

"하스너 씨? 오랜만… 이라고 해야 될까요?"

규현이 애매한 표정으로 말했다.

그와 정식으로 만나는 것은 처음이었지만 메일과 전화로 자주 이야기를 나누어서 처음 만난 사이 같지 않았다. 그리고 무엇보다 처음 ABO 드라마 기획국을 방문했을 때 스치듯 그의 얼굴을 본 적이 있었다.

"저는 상관없습니다. 일단 차로 가시죠. 모시겠습니다."

필은 규현을 주차장으로 안내했다.

차에 탑승한 그들은 ABO 빌딩으로 향했다. 빌딩에 도착한 규현은 ABO 드라마 기획국장 조나단 케일과 검은 사신 시즌 2의 감독 리퍼 세일과 오랜만에 만나게 되었다.

서로 가볍게 안부를 묻자 리퍼가 입을 열었다.

"내일부터 바로 촬영에 들어갈 겁니다. 그와 동시에 시즌 에피소드 회의와 대본 검토를 진행하시면 됩니다."

"알겠습니다."

"호텔은 저희가 예약해 두었습니다. 모든 비용은 저희가 지불할 예정이니 호텔에서 서비스를 마음껏 이용하셔도 됩니다."

말을 마치며 리퍼는 미소를 지었다.

규현이 시즌 1의 에피소드 2를 대박 나게 하면서 ABO가 얻은 수익만 해도 엄청났다. 그래서 ABO에선 규현을 매우 중요하게 생각하고 있었다.

호텔은 근처였다. 규현은 필의 도움 없이도 호텔에 찾아갈 수 있었고 객실에 들어가기 무섭게 침대에 누워 휴식을 취했다.

한참 동안 휴식을 취한 규현은 메일함을 확인했는데 하은이 보낸 정기 보고 메일에는 특별한 내용이 없었다. 다만 규현이 미국에 도착한 걸 알았는지 에피소드 10까지의 대본 등 검토해야 할 자료를 산더미처럼 보내주었다.

"세상에……."

그 양이 상당했기 때문에 규현은 벌써부터 머리가 아파오는 것을 느끼며 손으로 얼굴을 쓸어내렸다.

'푹 쉬라고 하더니… 쉬지도 못하겠네.'

규현은 속으로 불평하며 원고 검토를 시작했다. 그나마 다행인 것은 에피소드 1과 2의 검토는 이미 오래 전에 끝냈기 때문에 포함되지 않았다.

능력을 사용해 읽기 전에 스탯부터 확인하고 스탯이 높은

대본은 대충 읽고 스탯이 낮은 건 문제점을 지적하기 위해서
자세히 읽는 방법을 쓴 덕분에 전체적으로 검토하는 데 긴 시
간이 걸리지 않았다.

"대본을 발로 썼나… 메인 작가들 수준이 왜 이래."

일부를 제외하면 대부분의 메인 작가가 쓴 대본 스탯은 참
혹했다.

평범한 시각으로 보면 큰 문제가 없었지만 스탯을 확인해
보면 문제가 뚜렷하게 드러나 있었다.

"하아."

답답한 마음에 규현은 한숨을 내쉬었다.

검은 사신 시즌 2의 촬영장은 규현이 묵고 있는 호텔에서
꽤 먼 곳에 위치하고 있기 때문에 원활한 이동을 위해 필 하
스너가 데리러 왔다.

"출발하겠습니다."

규현이 조수석에 탑승하자 필의 나지막한 한마디와 함께
두 사람을 태운 차량이 출발했다.

"도착했습니다."

이동 시간이 길었기 때문에 아직 시차 적응이 되지 않아
잠이 든 규현을 필이 조심스럽게 흔들어 깨웠다.

"으으."

규현은 신음성을 내뱉으며 힘겹게 눈을 떴다. 창밖으로 촬영장과 촬영진의 모습이 보였다.

필이 먼저 내렸고 뒤이어 규현이 차 문을 열고 내렸다.

"CG 촬영장인 줄 알았는데 세트장이네요?"

반쯤 무너진 도시의 모습을 재현한 대규모 세트장을 보며 규현이 물었다.

미국 드라마에 대한 지식이 많은 편은 아니었지만 관련 일을 조금이나마 하게 되면서 미국에선 드라마 촬영의 대부분은 CG로 해결한다고 들은 것 같았다.

"대부분의 장면을 CG로 해결하는 건 맞지만 세트장에서 촬영하는 장면도 꽤 있습니다."

"그렇군요. 그나저나 여긴 어디죠? 세트장을 제외하면 아무것도 보이지 않습니다."

"뉴저지의 작은 마을 근처죠."

"뉴저지요? 그렇게 멀리 왔다는 말씀입니까?"

"아뇨. 그렇게 멀리 오진 않았어요. 그리고 뉴저지는 나름 가깝습니다."

필의 설명에 규현은 고개를 끄덕였다.

미국 지리를 잘 몰랐기 때문에 착각한 듯했다.

작은 소란이 끝나고 규현과 필은 세트장 안으로 들어갔다. 안에서는 촬영 준비가 한창이었다.

리퍼 세일 감독은 현장을 지휘하다가 지쳤는지 접이식 의자에 앉아서 쉬고 있었다.

"감독님."

"작가님? 어서 오세요. 딱 맞춰서 왔네요. 10분 정도만 있으면 촬영이 시작될 겁니다. 로디! 작가님에게 필요한 것들 가져다 드려."

그의 외침에 로디라는 이름의 남자가 멀리서 대답했다. 얼마 지나지 않아서 그가 대본 등을 가지고 와서 규현에게 건넸다.

규현은 그 자리에서 받은 대본을 검토했다.

대본을 훑어보니 오늘 촬영할 장면이 어떤 건지 알 수 있었다. 시즌 2 에피소드 1의 시작 장면인 워싱턴 시가전 직전의 상황인 것 같았다.

침략군이 워싱턴을 공격해 도시가 무너진 상황에서 연방군이 반격을 계획하는 초반부였다. 이렇다 할 액션 장면은 없었다.

"에피소드 1의 대화 장면은 대부분 여기서 촬영하고 나머지는 CG 촬영장에서 촬영을 재개할 예정입니다."

대본을 검토하고 있는 규현을 보며 리퍼가 설명했다.

규현은 고개를 들어 올려 리퍼를 보았다.

"그건 그렇고 어제 제게 폭탄을 던지셨더군요."

규현은 어제 호텔에 도착했을 때 받은 검토 자료에 대한 이야기를 꺼냈다. 그러자 리퍼 세일 감독은 뭔가 찔리는 게 있는지 눈동자를 이리저리 움직였다.

"어쩌다 보니 그렇게 되었어요. 그건 미안하게 생각합니다."

"그렇다고 하니 다행이네요. 급하게 검토하느라 죽는 줄 알았습니다."

"수고가 많으셨습니다. 그건 그렇고 에피소드들은 어떻던가요?"

리퍼 세일 감독이 물었다.

규현은 눈살을 찌푸리며 입을 열었다.

"몇 개 빼고 전부 형편없었습니다. 발로 쓴 게 아닐까 하는 의심이 들 정도였습니다."

"그렇습니까?"

규현의 적나라한 비판에 리퍼 세일 감독은 당황한 기색이 역력했다.

"시즌 1은 이 정도까지는 아니었던 걸로 기억합니다만… 대체 무슨 일이 있었던 겁니까?"

규현은 보조 작가에서 에피소드 2의 메인 작가가 되면서 시즌 1의 에피소드 메인 작가들이 쓴 대본을 회의할 때 읽어 봤기 때문에 기억하고 있었다.

스탯을 확인할 수 있는 수단이 없었기 때문에 스탯은 알 수 없지만 지금만큼 개판은 아니었던 것으로 기억하고 있었다.

물론 지금도 얼핏 보기에는 대본에 큰 문제가 없었다.

하지만 스탯을 확인하면 그 등급이 턱없이 낮았다.

"혹시 마음에 들지 않는 대본을 보낸 메인 작가들의 이름이 잭 프라이스, 데이지 오먼, 로널드 메릴입니까?"

예상가는 작가들이 있는지 리퍼는 몇몇 작가의 이름을 나열했다.

"어떻게 아셨습니까?"

리퍼의 예상은 정확했다.

규현은 다소 놀란 얼굴로 그를 보았다. 리퍼는 씁쓸한 미소를 지었다.

"잭 프라이스 작가님과 로널드 메릴 작가님은 드라마 기획국의 하워드 마크 부국장님의 낙하산입니다. 그리고 데이지 오먼 작가님은 신인이죠."

"제작비가 상당히 많이 들어간 것으로 아는데… 신인은 그렇다쳐도 낙하산을 써도 되는 겁니까?"

규현이 물었다.

검은 사신 시즌 2는 시즌 1보다 많은 제작비가 투입된 대작이었고 보통 이런 작품은 경험이 많은 메인 작가들이 주도하는 경우가 많았다.

시즌 1 때 규현이 에피소드 2 메인 작가를 맡았던 것도 파격적인 일이었고, 조지 테일러 감독의 전폭적인 지지가 없었다면 불가능한 일이었다.

당시 조지 테일러 감독은 규현이 아시아에서 매우 유명한 작가라는 점에서 그에게 큰 호감을 가지고 있었고, 규현이 메인 작가가 될 수 있도록 많은 도움을 주었다. 그럼에도 불구하고 이것은 큰 도박이었다.

검은 사신이 성공하지 않았다면 조지 테일러는 자신의 감독 경력에 큰 오점을 남겼을 것이다.

"CBO의 왕좌의 혈투 쪽에서 쓸 만한 메인 작가들 다 가져가 버려서 어쩔 수 없이 신인과 낙하산을 쓸 수밖에 없었습니다."

리퍼가 사정을 설명했다.

CBO의 대작 왕좌의 혈투에서 요즘 떠오르고 있는 검은 사신을 견제하기 위해 막대한 자금을 동원해 검은 사신의 메인 작가들을 대거 빼돌려 버렸다. 그래서 메인 작가들의 수가 부족해지자 하워드 마크가 낙하산으로 두 명을 메인 작가로 꽂아 넣은 것이다.

에피소드를 맡을 메인 작가의 수가 부족했기 때문에 감독인 리퍼 세일도 반대하지 못했었다.

기존의 작가들에게 에피소드를 추가로 맡기는 것도 한계가 있기 때문에 어쩔 수 없이 낙하산 메인 작가들과 함께 일할 수밖에 없었다.

"그런데 많이 심각한 겁니까? 제가 확인했을 땐 크게 모르겠던데요."

"네, 많이 심각해요."

규현이 심각한 얼굴로 말했다.

"도대체 어디서 뭘 하던 사람들입니까?"

"둘 다 소설 작가였습니다. 딱히 유명하다는 것 같지는 않더군요."

리퍼의 대답에 규현은 한숨을 내쉬며 고개를 저었다.

"곧 촬영이 시작됩니다. 우선은 진정하시죠."

"네. 일단은 나중에 이야기하겠습니다."

우선은 진정하라는 리퍼의 말에 규현은 동의한다는 표정으로 고개를 끄덕였다.

여기서 혼자 흥분해 봤자 변하는 건 없었다. 우선은 침착할 필요가 있었다.

"어떻습니까?"

촬영은 계속되고 리퍼는 의기양양해진 얼굴로 물었다.

"다들 연기를 엄청 잘하네요. 캐스팅도 잘한 것 같아요."

"물론이죠. 최고의 배우들을 캐스팅했습니다."

규현의 말에 리퍼는 입가에 미소를 머금으며 대답했다.

배우 캐스팅은 리퍼 세일 감독이 많은 부분을 담당했기 때문에 캐스팅에 대한 칭찬은 리퍼를 기분 좋게 하는 데 충분했다.

"오늘 촬영은 언제 끝납니까?"

규현의 물음에 리퍼는 시간을 확인하며 입을 열었다.

"예상보다 촬영이 빨리 진행되고 있지만 야간 촬영이 있어서 8시는 넘어야 끝날 것 같습니다."

"빨리 끝났으면 좋겠네요."

"어차피 오늘은 해결할 수 없어요. 3일 후에 메인 작가 회의가 있는 거 알고 계시죠?"

리퍼의 말에 규현은 대답 대신 고개를 끄덕였다.

리퍼는 커피를 한 모금 마시며 말을 이어가기 위해 입을 열었다.

"그날 해결할 수 있을 겁니다. 만약 해결 방안을 마련하신다면 제가 최대한 도와드리죠."

최대한 도와주겠다는 리퍼의 말에 규현의 눈동자가 반짝였다.

"약속하신 겁니다?"

리퍼가 고개를 끄덕이는 것을 확인한 규현은 촬영이 한창 진행되고 있는 정면을 향해 시선을 옮겼다.

"따로 해결 방안을 마련할 필요는 없을 것 같네요. 그냥 다시 쓰라고 하면 되니까."

미국의 드라마 촬영은 한국의 드라마 촬영과 비슷하면서도 다른 점이 많았기 때문에 흥미롭게 구경하다 보니 시간은 금방 흘러갔다.

촬영 중간중간 시간이 날 때마다 리퍼는 규현에게 여러 가지를 묻기도 했다.

리퍼의 말대로 8시 20분 정도가 되어 촬영이 끝났다. 근처 마을에서 촬영 스태프들과 저녁을 먹고 호텔로 돌아오니 이미 시간은 자정을 넘겼다.

"하스너 씨, 오늘 고생이 많으셨습니다. 괜히 저 때문에 퇴근 시간이 더 늦어지셨네요."

"괜찮습니다. 늦게 퇴근하는 건 이제 익숙합니다."

필은 입가에 미소를 지으며 아무렇지도 않다는 듯 말했다.

"그럼 올라가 보겠습니다. 내일은 CG 촬영장이었죠? 제가 찾아갈 수 있으니 내일은 아침 일찍 오지 않아도 됩니다."

CG 촬영장은 ABO 빌딩에 있었기 때문에 규현 혼자 찾아갈 수 있었다.

"배려해 주셔서 감사합니다."

필과 헤어진 규현은 객실로 향했다.

객실 문을 열고 안으로 들어간 그는 샤워를 한 뒤 옷을

갈아입고 침대에 누웠지만 눈을 감고 잠을 청할 수는 없었다.

원고 작업이 많이 남아 있었기 때문이었다.

가시 꽃도 써야 하고 귀환 영웅도 써야 했다. 그래서 지금 당장 잘 수는 없었기 때문에 규현은 미리 사둔 에너지 음료를 마시며 애써 정신을 깨웠다.

"오늘 분량만 쓰고 자야겠다."

새벽 4시가 넘어서 잠이 든 규현은 아침 9시에 일어나 ABO 빌딩으로 향했다.

ABO 드라마 기획국에서 정식으로 출입증을 발급해 준 덕분에 데스크에서 귀찮은 절차를 거칠 필요 없이 바로 검색대를 통과할 수 있었다.

CG 촬영장은 사방이 새파랬다.

지형을 제외하면 아무것도 없는 새파란 공간에서 배우들이 연기하는 모습을 보니 웃기기도 하고 존경스럽기도 했다.

"작가님."

배우들의 연기가 끝나고 스태프들이 다른 장면 촬영 준비를 서두르면서 잠깐의 여유가 생기자 리퍼가 규현에게 다가와 작은 목소리로 말을 걸었다.

규현의 시선이 리퍼에게 향했다.

"네. 말씀하세요, 감독님."

"아까 전에 저한테 하실 말이 있다고 하셨죠?"

"메인 작가 인사권은 감독님과 제가 가지고 있죠?"

규현의 물음에 리퍼는 고개를 끄덕이며 입을 열었다.

"네. 저와 작가님이 가지고 있습니다. 드라마 기획국의 낙하산은 예외적인 경우였습니다."

드라마 기획국의 하워드 마크 부국장이 낙하산으로 메인 작가 두 명을 합류시킨 것은 예외적인 경우였다. 그마저도 메인 작가 수가 부족하지만 않았다면 리퍼가 결사반대했을 것이다.

"인사권 전부 저한테 주시죠."

"네?"

"감독님이 가진 메인 작가에 대한 인사권 제게 달라는 말입니다."

규현은 강경했다.

"작가님, 메인 작가들을 해고하면 안 됩니다. 빈자리를 채워줄 메인 작가가 없어요."

리퍼가 우려하는 것은 규현이 화가 나서 마음에 들지 않는 메인 작가들을 모조리 해고하는 상황이었다. 그렇게 될 경우 보충할 메인 작가가 없었다.

리퍼가 울상을 짓자 규현은 입가에 미소를 머금었다.

"걱정 마세요. 제가 칼자루는 잡고 있겠지만 그들이 정면으로 제게 반기를 들지 않는 이상 그것을 휘두르는 일은 없을 겁니다."

규현이 장담했다.

인사권을 전부 가지려고 하는 것은 메인 작가들에게 얕보이지 않기 위해서다.

무기를 들고 협상하는 것이 빈손으로 협상하는 것보다 협상을 유리하게 진행할 수 있다는 것은 어린 아이도 아는 상식이었다.

"그래도 걱정이 되네요."

리퍼는 좀처럼 걱정을 접지 못했다.

낙하산으로 들어온 메인 작가들을 직접 만난 그는 그들이 자존심이 매우 세다는 것을 알고 있었다. 그리고 규현 또한 자존심이 센 편이었다.

둘이 충돌할 경우 반드시 트러블이 생길 게 분명한데, 이때 규현이 힘을 가지고 있는 게 좋을지 리퍼는 확신할 수 없었다.

"작가님께 맡기겠습니다."

"감사합니다."

"다만, 저도 회의에 참가하겠습니다. 제가 보는 앞에서 일을 처리하세요."

회의 시작까지 1시간밖에 남아 있지 않았지만 규현은 여전히 사무실 안에 있었다.

가시 꽃 원고가 밀렸기 때문에 그는 남는 시간을 활용해 우선적으로 가시 꽃 원고 작업에 집중했다.

판타지 소설이 사건 위주의 진행이라고 한다면 로맨스 소설은 여주와 남주의 감정선 위주의 진행이었다.

이 점을 이해하는 건 어렵지 않았지만 막상 직접 쓰려고 하니 익숙하지 않았다.

원고 초반엔 작위적인 느낌이 다소 있어서 스토리를 진행하는 데 꽤 애먹었다.

하지만 최근에는 감정을 묘사하는 데 익숙해져서 많이 자연스러워졌다.

"작가님, 회의 시간 되었습니다."

여직원이 규현에게 다가와 회의 시간을 상기시켜 주었다.

가시 꽃 원고 작업에 집중하다 보니 까먹고 있었는데 벌써 시간이 그렇게 되었나 보다.

"이 문장만 끝내고 갑니다."

규현은 쓰고 있던 문장을 마무리하고 회의실로 들어갔다.

회의실에는 이미 시즌 2 에피소드의 메인 작가들이 모여 있었다.

그들의 상사라고 할 수 있는 규현이 회의실 안으로 들어왔음에도 불구하고 대부분의 작가는 의자에서 일어나지 않았다.

일어나 인사한 메인 작가들은 모두 시즌 1때 같이 작업했던 작가들이었다.

"반갑습니다. 처음 뵙는 분들도 계시고 낯익은 분들도 계시네요."

규현은 발걸음을 옮기며 말했다. 그의 말이 끝날 때쯤에 그는 회의실 끝에 위치한 자신의 자리에 도착할 수 있었다.

규현이 의자에 앉자 일어섰던 메인 작가들도 다시 자리에 앉았고 일어나지 않았던 자들은 그에게 싸늘한 시선을 보냈다.

규현이 그들과 시선을 마주하는 사이 문이 열리고 리퍼 세일 감독이 들어왔다. 그러자 규현을 포함해 전원 자리에서 일어났다.

"앉으세요."

리퍼의 말에 모두 자리에 앉았고 그는 규현의 옆자리에 가서 앉았다.

"오늘 회의는 감독님께서도 참석하시는 겁니까?"

익숙한 얼굴의 메인 작가가 규현에게 질문했다.

규현의 기억이 틀리지 않다면 그의 이름은 데이비드 하퍼였다.

시즌 1의 에피소드 2를 맡았지만 교통사고를 당하는 바람에 그를 대신해서 규현이 맡은 적이 있었다.

얼마 전 검토한 명단이 틀리지 않다면 그는 현재 시즌 2의 에피소드 6을 맡고 있었다.

"참석했지만 전 아무런 개입도 하지 않을 겁니다."

리퍼의 선언에 메인 작가들은 서로 시선을 교환하며 고개를 끄덕였다.

"회의 시작하겠습니다."

"네."

규현의 말에 2명의 메인 작가가 작은 목소리로 대답했다. 전체적으로 분위기는 좋지 않았지만 그는 애써 미소를 잃지 않은 채 다시 입을 열었다.

"오늘은 정기 회의지요?"

대답은 없었다.

감독이 지켜보고 있음에도 불구하고 전체적으로 비협조적이었다.

"그런데 안건은 딱히 없습니다. 다만 전달 사항은 있습니다."

메인 작가들의 시선이 규현에게 집중되었다.

"잭 프라이스 작가님, 데이지 오먼 작가님, 그리고 로널드 메릴 작가님."

이름이 언급된 메인 작가들은 더욱 규현에게 집중했다. 그들 중에선 인상을 쓰는 작가도 있었다.

규현은 인상을 쓴 작가를 향해 두 눈을 가늘게 뜨고 노려보았다.

대놓고 인상을 쓰고 있는 메인 작가는 에피소드 4와 7의 메인 작가인 잭 프라이스로 하워드 마크로 부국장의 낙하산 인사였다.

"프라이스 작가님? 뭔가 불만이라도 있으신가요?"

"아무것도 아닙니다."

대놓고 불만 있는 표정이었던 잭은 규현의 물음에 고개를 저었지만 표정은 풀지 않았다. 그 모습을 보며 규현은 눈살을 찌푸렸다.

열등감이 있는 건 아니었지만 몇몇 메인 작가가 자신을 무시하고 있다는 느낌을 강하게 받았다. 특히 그중에서도 잭은 유난히 심한 편이었다.

규현을 무시하는 듯한 태도를 보이는 사람들은 하나같이 시즌 2에서 새롭게 합류한 작가들이었다.

"정규현 작가님, 계속 말해보세요."

로널드가 날카로운 눈빛을 보냈다.

규현은 팔짱을 끼며 입을 열었다.

"제가 언급한 분들은 대본을 다시 써 오셨으면 합니다."

"뭐라고 하셨습니까?"

"저희 대본에 무슨 문제가 있다는 거죠?"

규현의 말이 끝나기 무섭게 잭 프라이스와 데이지 오먼이 격렬한 반응을 보였다.

두 사람은 날카로운 뭔가에 찔린 사람처럼 벌떡 일어나 규현에게 적대적인 시선과 함께 항의를 쏟아냈다.

마치 이 순간을 기다리고 있다가 쌓여 있던 적대감을 폭발시킨 것 같았다.

"두 분은 진정하시죠."

로널드가 낮은 목소리로 잭과 데이지를 진정시켰다. 많이 흥분한 두 사람과는 달리 로널드는 침착한 모습을 유지하고 있었다.

"정규현 작가님."

로널드는 흥분한 두 사람을 진정시킨 뒤 차분한 목소리로 규현을 불렀다.

"네, 말씀하세요."

"시간이 넉넉한 것도 아닌데 대본을 처음부터 다시 쓰라고 하시는 이유가 있습니까?"

"솔직하게 말씀드려도 됩니까?"

로널드가 대답 대신 고개를 끄덕이자 규현은 차가운 눈빛으로 세 사람을 보며 입을 열었다.

"대본에 문제가 많습니다. 이대로 촬영하면 그 어떤 방법으로 촬영해도 좋은 결과를 기대하기 어렵습니다. 제가 몰랐다면 상관없겠지만 시즌 2의 에피소드를 총괄하는 제가 알게 된 이상 이건 그냥 넘어갈 수 없습니다."

"저희가 낙하산이라서 저격하는 게 아니고요?"

"그게 무슨 말씀이시죠?"

로널드가 태도를 바꾸자 규현은 당황했다.

그는 냉정하고 상황 판단이 빠른 줄 알았는데 알고 보니 잭과 데이지와는 비교도 되지 않을 정도로 열등감을 가지고 있는 듯했다.

"저희가 낙하산이라서 저격하는 게 아니냐고 물었습니다."

로널드는 겉으로만 차분해 보일 뿐, 속에선 분노가 들끓고 있었다.

"제가 왜 작가님들을 저격합니까? 저는 단지 더 좋은 작품을 만들기 위해서 노력할 뿐입니다. 저에겐 대본에 나타난 문제점을 색출할 의무가 있습니다."

"저격할 생각이 아니라면 어째서 대본을 완전히 엎으라고 지시하시는 겁니까? 수정해야 할 부분만 고치라고 할 수도 있잖습니까?"

로널드의 말도 일리는 있었다. 하지만 그의 말을 들은 규현은 한숨을 내쉬었다.

"전체적으로 엉망이었으니까 완전히 엎은 겁니다."

"한국인 주제에 미드에 대해 얼마나 안다고 나대는 겁니까!"

로널드가 진정시켰던 잭이 잠자코 듣고 있다가 갑자기 인종차별적인 발언을 쏟아냈다.

"프라이스 작가님, 그런 발언은 자제하세요."

말없이 회의를 지켜보고 있던 리퍼 세일 감독이 끼어들었다.

가만히 있던 감독이 끼어들자 잭도 더 이상 강하게 나가지 못하고 물러났다.

하지만 그는 이미 규현에게 나쁜 이미지로 확실하게 각인되어 버렸다.

"하하."

규현은 어이가 없어서 짧은 웃음소리를 흘리며 이미 차갑게 식어 있는 커피를 한 모금 마셨다.

"저희가 부국장님의 추천을 받아 들어왔다고 부당한 압박을 주는 것 같은데… 자꾸 그러면 저희도 생각이 있습니다."

이번에는 로널드가 협박을 했다.

규현은 어이가 없었다.

"그 생각이 뭔데요?"

"대본을 작업하지 않겠습니다."

"하하."

로널드의 말에 규현은 실소를 금치 못했다. 생각이라는 게 조금이라도 있을 거라고 생각했는데 방금 한 발언으로 확실해졌다.

잭은 물론이고 로널드도 생각이 없는 것 같았다.

대본을 작업하지 않는다는 것은 엄연한 계약 위반이었다. 법적으로 걸고넘어질 수 있다는 말이었다.

"대본 작업을 하지 않겠다는 말입니까?"

규현의 물음에 로널드는 입꼬리를 끌어 올리며 고개를 끄덕였다.

옆에서 지켜보던 잭도 고개를 끄덕였지만 데이지는 쉽게 고개를 끄덕이지 못했다.

그녀는 적어도 최소한의 상황 판단 능력이 있는 것 같았다.

"네, 대본 작업을 하지 않겠습니다."

그에 비해 로널드와 잭은 대본 작업을 안 하고 버티면 규현이 고개를 숙일 거라고 생각하고 있는 것 같았다. 하지만 그건 큰 착각이었다.

"그럼 내일부터 출근하지 마세요. 수고하셨습니다."

규현의 말에 감독은 물론이고 회의실에 모인 메인 작가 전원이 깜짝 놀랐다.

"후회하실 겁니다. 가시죠, 프라이스 씨."

로널드는 조금 당황한 얼굴이었지만 뒤도 돌아보지 않고 잭과 함께 사무실을 떠났다.

"오면 작가님, 남으신 것을 보니 고쳐 오신다는 거죠?"

"네, 전 고치겠습니다."

처음엔 강경하게 나왔던 그녀였지만 이성을 회복했는지 규현에게 반발하지 않았다.

"오늘 회의는 이 정도로 하겠습니다. 수고하셨습니다."

규현이 회의가 끝났다고 말하기 무섭게 메인 작가들이 회의실을 나갔고, 리퍼 세일 감독은 여전히 놀란 기색이 역력한 얼굴로 규현을 보며 입을 열었다.

"작가님, 계약 위반으로 걸고넘어갈 생각이신 것 같은데 새로운 메인 작가를 구하기엔 시간이 부족합니다."

"제가 쓰겠습니다."

"네?"

규현의 말뜻을 리퍼는 이해하지 못했다. 규현은 확실하게 설명하기 위해 입을 열었다.

"잭 프라이스 작가의 에피소드 4와 7, 그리고 로널드 메릴 작가의 에피소드 9와 10을 제가 쓰겠다는 말입니다."

"그건 불가능합니다."

리퍼는 고개를 저었다. 남은 기간은 많지 않았고 작업량은 많았다. 아무리 봐도 그건 불가능했다.

"가능합니다."

규현은 자신감 넘치는 목소리로 대답하며 회의실을 나와 사무실에 마련된 자신의 자리로 가서 앉았다.

"지금 뭐 하십니까?"

규현이 책상 위에 노트북을 올려놓고 전원을 켜고 있을 때 리퍼 세일 감독이 물었다.

규현은 문서 작성 프로그램을 켜며 입꼬리를 끌어 올렸다.

"잭 프라이스 작가와 로널드 메릴 작가 몫의 대본을 작업해야 하지 않겠습니까?"

"설마 진짜로 혼자 하실 생각입니까?"

리퍼의 물음에 규현은 고개를 끄덕였다. 직접 쓰는 것 외에는 다른 방법이 없었다.

"혼자 하는 수밖에 없죠. 최선을 다해서 마감까지 대본을 완성하겠습니다. 시간 없다고 대충 하진 않을 테니 걱정하지 마세요."

규현은 노트북 키보드를 두드리기 시작했다.

시간이 없다고 대충 하는 건 규현이 제일 싫어하는 것이었다.

시간이 없으면 그는 차라리 잠을 줄였지 결코 대충 하지는 않았다.

만약 시간이 없다고 대충 했다면 그가 쓴 대부분의 작품의 스탯이 심각하게 하락했을 것이다.

"다시 묻지만 가능하겠습니까?"

"걱정 마세요. 스토리는 이미 제 머리에 있습니다. 남은 건 쓰기만 하면 돼요. 철야로 작업할 테니 너무 걱정하지 않으셔도 좋습니다."

말을 마치며 규현은 잠시 일어났다.

그리고 탕비실에서 에너지 음료 캔 두 개와 캔 커피 하나를 가지고 온 그는 캔 커피를 따서 마시며 노트북 키보드를 아주 빠른 속도로 두드렸다.

대충 하는 것이 아니었다.

지금 그는 전력을 다하고 있었다.

"정규현 작가님, 저는 촬영 때문에 먼저 가보겠습니다. 함께 하지 못해서 죄송합니다."

리퍼 세일 감독은 촬영 스케줄이 있었기 때문에 규현과 함께할 수 없었다.

"저야말로 함께하지 못해서 죄송합니다."

규현이 씁쓸한 표정으로 노트북 키보드를 두드리며 말했다.

지금 리퍼가 가는 촬영 현장에는 일이 꼬이는 바람에 가지 못하게 되었지만 원래 규현도 참석하기로 되어 있었다.

"후우!"

리퍼 세일 감독이 사무실을 떠나고 규현은 노트북 키보드를 두드리는 것을 멈추지 않았다.

규현이 자리에서 일어날 때는 화장실에 갈 때와 배달 음식 결제를 위해 사무실 문으로 갈 때를 제외하면 전무했다.

그렇게 그는 다음 날 아침까지 글을 썼다.

아침이 되었을 때 그의 책상 위에는 빈 캔과 에너지 음료가 가득했다.

52장

이건 대박 난다

뉴욕 ABO 빌딩 근처의 술집. 규현에게 한 방 먹은 잭 프라이스와 로널드 메릴이 술잔을 기울이고 있었다.

"로널드, 이러다 그 한국인과 ABO에서 계약 위반으로 법적 대응을 하면 어떻게 합니까?"

회의실에서 가장 큰 소리를 쳤던 잭이었지만 막상 흥분이 가라앉고 이성이 돌아오자 자신이 얼마나 큰일을 벌였는지 깨닫는 모양이었다.

"걱정 마세요. 정규현 작가와 ABO는 법정 대응을 하지 못할 겁니다."

잭과는 달리 로널드는 자신만만하게 말하며 독한 위스키가 담긴 작은 술잔을 비웠다.

잭은 차마 술잔을 한 번에 비우지 못하고 절반만 마셨다.

"장담할 수 있어요? 저는 불안합니다."

"물론 장담할 수 있습니다."

로널드는 입꼬리를 끌어 올리며 술잔을 채웠다.

"자신감이 넘치시네요. 근거라도 있습니까, 로널드?"

잭이 물으며 안주를 씹었다.

회의 때만 해도 잔뜩 흥분해서 로널드가 벌인 판에 발을 담갔지만 지금에 와서 생각해 보니 다소 무모했다는 생각이 들었다.

잭은 일단 큰 소리부터 치고 보는 성격이었지만 사실은 많이 소심했다.

"근거요? 있습니다."

"확실한 근거가 있어야 합니다. 그렇지 않으면 저 돌아갈 거예요. 메인 작가가 되려고 부국장에게 달러를 얼마나 먹였는지 모르겠습니다."

확신에 찬 목소리로 대답하는 로널드를 보며 잭은 설명을 요구했다.

잭은 이번 일로 힘들게 얻어낸 메인 작가 자리를 잃을까 상당히 걱정하고 있었다.

"지금 CBO에서 메인 작가들 전부 빼 간 거 알고 계시죠?"

로널드의 물음에 잭은 대답 대신 고개를 끄덕였다.

"지금 일정이 비는 메인 작가들은 거의 없습니다. 그래서 저희가 낙하산임에도 불구하고 에피소드를 각자 2편씩 맡은 거 아니겠습니까?"

"일리 있는 말이군요."

잭은 고개를 끄덕였다. 로널드의 말도 옳은 것 같았다.

"아쉬운 쪽은 ABO입니다. 메인 작가는 없고 마감은 다가옵니다. 그리고 작업해야 할 에피소드는 4개. 남아 있는 메인 작가들로는 힘들 겁니다. 아마 ABO는 일주일 내로 저희를 다시 받아줄 겁니다."

"하지만 그 한국인이 에피소드 4개 대본을 혼자 작업하면 어떻게 되는 겁니까? 그때 그놈의 눈빛을 보니까 혼자서라도 할 것 같은데……."

"하하하."

잭이 우려를 표했으나 로널드는 여유롭게 웃었다. 한참을 웃은 그는 술잔을 비운 뒤, 순진한 표정을 짓고 있는 잭을 보며 입을 열었다.

"평범한 사람이라면 불가능해요."

그렇게 말하며 로널드는 여유롭게 술잔을 채웠다.

로널드는 보통의 경우를 상정하고 말한 것이었지만 그는 몰랐다. 규현은 평범한 사람이 아니라는 것을…… 그는 셀 수 없을 정도로 많은 반복 작업을 하다 보니 거의 속필 기계가 되어 있었다.

그리고 스탯을 볼 수 있는 능력이 있었기 때문에 초반에 잘못된 부분을 알고 수정할 수 있었다.

글 쓰는 속도까지 빠르니, 그는 이미 괴물이었다.

*   *   *

자정을 넘은 시간, 호텔 객실.

규현은 대본 작업을 잠시 중단한 뒤, 전화를 통해 하은에게서 가람과 관련된 여러 가지 보고를 받고 있었다.

뉴욕은 지금 자정을 넘겼지만 한국은 한창 일할 시간이었다.

―이상입니다, 대표님.

하은이 보고를 끝냈다.

"수고 많았어요. 생각했던 것보다 파란책과의 독점 제휴로 인한 효과가 크네요."

규현은 하은의 수고를 치하하면서 자연스럽게 가람북과 파란책에 대해 언급했다.

파란책과 독점 제휴 계약을 하면서 가람북은 양질의 작품을 많이 보유할 수 있었고 덕분에 가람북의 매출은 크게 상승했다.

—파란책 덕분에 한숨 놓을 수 있었치만 아직 저희는 북페이지와 나이버 스토어에 비하면 미약합니다.

"하지만 신규 이용자들의 유입도 꾸준히 증가하고 있지 않습니까?"

—그건 오래가지 않을 겁니다. 실은 최근 문학 왕국의 자체 매니지먼트의 움직임이 심상치 않습니다.

하은이 심상치 않은 목소리로 말했다.

"설마 문학 왕국이 다른 플랫폼과의 교류를 끊을 준비를 하고 있다는 말인가요?"

—확실하지는 않지만 그렇게 나올 확률이 높은 것 같습니다.

하은의 대답에 규현은 머리를 한 대 얻어맞은 듯한 기분이 들었다.

현재 가람을 포함한 여러 출판사나 매니지먼트에 작가를 공급하는 가장 거대한 연재 사이트가 문학 왕국이었다.

그들이 문을 닫아버린다면 가람북에는 꽤 큰 손실이 발생할 것이다.

"잠깐만요. 그렇게 되면 문학 왕국도 상당히 큰 손해를 입을 텐데요?"

타 플랫폼 진출을 막아버린다면 문학 왕국의 작가들이 타 플랫폼에서 더 좋은 조건을 제시받았을 때 연재를 중단하고 갈아탈 확률이 있었다. 그렇게 된다면 문학 왕국도 손해였다.

―문학 왕국 매니지먼트 기획팀에 저와 친한 사람이 있어서 정보는 확실합니다.

"그럼 신인 작가 영입이 힘들어지겠네요."

―네, 아마도 그렇게 되겠죠.

기성 작가들이면 몰라도 문학 왕국 매니지먼트에서 신인 작가들에 대한 단속을 강화한다면 다른 출판사나 매니지먼트에서 그들을 영입하기 힘들 것이다.

"하지만 웬만하면 공존하는 쪽을 선택하지 않겠습니까?"

공존을 선택한다면 문학 왕국은 다소의 이익을 포기하더라도 안정적으로 갈 수 있겠지만, 문을 걸어 잠그는 선택지를 고른다면 문학 왕국에서 활동 중인 출판사와 매니지먼트들을 잃을 확률도 있었다.

문학 왕국보다 나이버 스토어나 북페이지가 더 시장이 컸기 때문에 출판사나 매니지먼트들은 문학 왕국과 거대 이북 플랫폼 둘 중에 하나를 고르라고 하면 망설임 없이 거대 이북 플랫폼을 선택할 것이다.

―어떻게 될지는 저도 잘 모르겠습니다. 일단 기다려 봐야 할 것 같습니다.

하은은 섣부른 추측을 자제했다. 그런 그녀의 모습이 규현은 보기 좋았다.

"좋습니다. 보고하느라 수고하셨습니다."

―평소대로 메일도 보내두겠습니다.

"나중에 확인해 보겠습니다."

전화 통화가 끝나고 규현은 대본 작업에 집중했다.

보름에 가까운 기간 동안 잠을 줄여가며 대본 작업에 집중한 덕분에 놀랍게도 대본 작업은 거의 끝을 보이고 있었다.

한창 대본 작업에 집중하던 규현은 카페인이 부족하다는 것을 깨닫고 보충하기 위해 근처에서 사온 캔 커피를 가져와 마셨다. 그때 스마트폰 벨소리가 울렸다. 확인해 보니 리퍼 세일 감독이었다.

벌써 12월이고 효율적인 촬영을 위해선 다른 에피소드의 대본도 확보되어 있어야 하기 때문에 마음이 급한 것 같았다.

"정규현입니다."

―정규현 작가님? 세일입니다. 작업은 어떻게 되어갑니까?

아니나 다를까, 리퍼 세일 감독은 규현이 전화를 받자마자 대본 작업 진행 상태에 대해 물었다.

"다 끝나갑니다."

―그럴 줄 알았습니다. 지금이라도… 네? 뭐라고요?

한탄을 쏟아내던 리퍼는 규현의 말에 깜짝 놀라 되물었다.

"다 끝나간다고 했습니다, 감독님. 지금 에피소드 10의 대본을 작업하고 있습니다. 내일 아침에는 완성할 수 있을 것 같군요."

─작가님, 저는 작가님을 믿지만… 혹시 대충 하신 건 아니죠?

리퍼는 혹시나 하는 마음에 물었다.

"어차피 검토하실 거잖아요. 대본은 완벽합니다. 아마 드라마 기획국에서도 만족할 겁니다."

규현이 대답했다.

하워드 마크 부국장의 추천을 받은 작가 2명을 쳐낸 탓에 규현은 그에게 좋지 않은 시선을 받고 있었지만 드라마 기획국 쪽에서도 당장 아쉬운 처지였으니 웬만해선 대본을 반려하지 않을 것이라 생각했다.

애초에 스탯을 확인했지만 반려당할 만한 수준의 스탯이 아니었다.

시간이 없었기 때문에 최고의 퀄리티로 대본을 완성하진 못했지만 어느 정도 흥행할 정도의 수준은 되었다.

─그렇군요. 늦은 시간에 전화해서 죄송했습니다. 빨리 쓰는 것도 좋지만 적당히 쉬면서 하세요.

"감사합니다."

전화 통화가 끝나고 규현은 다시 대본 작업에 집중했다.

노트북 키보드를 두드리는 손이 멈출 줄 몰랐고 아침이 되었을 때 그는 대본을 완성할 수 있었다.

*   *   *

로널드의 말대로 ABO와 규현이 먼저 찾아와 고개를 숙이기를 얌전히 기다리던 잭은 12월이 되었음에도 불구하고 ABO와 규현이 찾아올 기미가 보이지 않자 답답한 마음에 로널드를 찾았다.

"로널드! 어떻게 된 겁니까? 일주일이면 된다고 했는데 벌써 12월입니다!"

ABO에서 뛰쳐나왔을 때처럼 술집에서 로널드와 만난 잭은 다짜고짜 언성을 높였다.

주변의 시선이 집중되었지만 그는 아랑곳하지 않았다. 어차피 이른 시간이라 사람도 많이 없었다.

"일단 진정하세요, 잭."

"지금 진정하게 생겼습니까? 마크 부국장에게 돈을 엄청나게 먹였는데 실직자가 되게 생겼다는 말입니다!"

로널드는 차분하게 잭을 진정시키려 했지만 그는 쉽게 진정하지 않았다.

"일단 앉아서 시원한 거라도 마셔요. 여기 저랑 같은 걸로 한 잔 부탁합니다."

"예, 알겠습니다."

종업원이 그들의 테이블로 다가와 술잔을 채웠다.

"한 잔 마셔요."

로널드는 한잔할 것을 권했지만 잭은 고개를 저었다.

"지금 술이 넘어갈 것 같지 않습니다."

"흠, 술 좋아하시지 않습니까?"

"그래도 지금은 안 넘어간다는 말입니다! 지금 술이 넘어갑니까?!"

잠시 진정되는 듯싶었지만 잭의 언성이 다시 높아졌다. 하지만 로널드는 휘말리지 않았다.

"뭐가 그렇게 두렵습니까?"

그는 여전히 차분한 목소리로 이유를 물었다.

잭은 의자에 앉아 테이블 위에 놓인 술잔을 들어 입가로 가져갔다. 그리고 신경질적으로 술을 입안에 쏟아 부었다.

"당장 실직자가 될 수도 있고 무엇보다 계약 위반으로 소송이 걸릴지도 모른다는 말입니다!"

그들은 데이비드 하퍼처럼 ABO의 정식 직원이 아닌 계약 작가였다. 그리고 지금 두 사람은 계약을 위반하고 있었다. 당장 소송이 들어와도 이상하지 않았다.

보통 소송 절차가 들어가려면 몇 개월이 걸리니 지금 당장은 아니겠지만 어쨌든 시간 문제였다.

"그렇습니까?"

"로널드, 어떻게 그렇게 차분할 수 있습니까? 마크 부국장님 에게서 뭔가 들은 거라도 있습니까?"

여유로운 로널드의 모습을 본 잭이 물었다.

잭보다는 로널드가 하워드 마크 부국장과 가까운 편이었 다.

"얼마 전에 통화를 했는데 안심하라고 하더군요. 지금 그 한국인이 혼자서 대본 작업을 한다며 설치고 있답니다. 일단 시간을 주긴 했지만 시간 내에 끝내지 못하면 손해배상을 청 구하겠다는군요."

"시간 내에 완성하면 어떻게 합니까?"

"절대 그렇게 못 합니다. 제가 장담하죠, 확실합니다. 아마 그 한국인은 제대로 엿 먹을 겁니다."

잭이 걱정스러운 표정으로 묻자 로널드는 자신만만하게 말 했다. 그럼에도 불구하고 잭이 안심하지 않는 표정을 보이자 로널드는 두 눈을 반짝이며 입을 열었다.

"ABO로 가볼까요? 한번 살펴보러?"

로널드의 말에 잭의 마음이 흔들렸다.

"그래도 될까요?"

"마크 부국장님이 저희가 출입증을 계속 쓸 수 있도록 처리 했다고 하셨습니다. 지금 바로 찾아가 보죠."

로널드는 술값을 계산하고는 잭과 함께 ABO로 향했다.

"그렇게 늦은 시간은 아니니 한국인도 퇴근하지 않았을 겁니다."

"그렇군요."

하워드 마크 부국장의 말대로 두 사람의 출입증은 아직 유효했고 그들은 드라마 기획국으로 향했다. 규현이 있는 사무실에 도착한 그들은 안으로 들어갔다.

규현은 창가에 서서 바깥 풍경을 감상하고 있었다. 그 모습에서 잭은 불안감을 느꼈지만 로널드는 규현이 포기했을 것이라 생각했다.

"이제 포기하신 겁니까? 마감에 맞추려면 일하셔야 하지 않아요?"

로널드의 물음에 규현은 몸을 돌려 두 사람을 보았다.

"대본 작업이요? 할 필요 없습니다."

"드디어 포기하신 겁니까?"

로널드가 비웃음을 흘리며 물었다. 규현은 입꼬리를 끌어 올리며 입을 열었다.

"아뇨. 전부 끝냈으니까 할 필요가 없다는 겁니다."

"······?"

"표정이 왜 그렇게 좋지 않으신가?"

규현이 살짝 빈정거리는 투로 말하며 로널드의 앞으로 한

걸음 다가섰다.

로널드는 쉽게 입을 열지 못했고 잭의 눈동자는 지진이라도 난 것처럼 떨리고 있었다.

"그건 그렇고 얌전히 소송이나 기다리고 있으면 될 텐데… 사무실엔 무슨 일이시죠? 심심해서 마실 나오셨나요?"

"…그럴 리 없어……."

"뭐가 말입니까?"

"혼자서 그 많은 양의 대본을 다 썼을 리가 없단 말입니다! 대충 쓴 거 아닙니까?"

로널드가 두 눈을 날카롭게 빛내며 말했다. 잭도 고개를 끄덕이며 동조했다. 그들의 행동에 규현은 어이없었다.

"그건 위에서 판단하겠죠. 대본은 리퍼 세일 감독님에게 전달했습니다."

규현은 차분하게 대답했다.

세 사람이 대치하고 있을 때 사무실 문이 열리고 ABO 드라마 기획국의 여직원이 다급하게 들어왔다.

"정규현 작가님!"

규현의 이름을 부르면서 들어온 그녀는 로널드와 잭을 보고 잠깐 멈칫했지만 규현의 앞까지 걸어와 다시 입을 열었다.

"통과되었습니다."

"수고하셨습니다. 가보셔도 좋습니다."

여직원이 사무실을 나가자 규현의 입꼬리가 귀에 걸릴 것처럼 올라갔다. 그리고 로널드와 잭의 기세는 순식간에 사그라졌다.

그들도 귀가 있고 머리가 있었기 때문에 방금 나간 여직원이 한 말의 의미를 쉽게 추측할 수 있었다.

"이것으로 확실해졌네요."

무거운 침묵을 깨고 규현이 말문을 열었다. 그는 얼어붙은 로널드와 잭을 번갈아 보며 싸늘한 미소를 지었다.

"두 분은 이제 진짜로 출근하지 않으셔도 좋습니다. 그동안 수고하셨습니다."

말을 마친 규현은 문쪽으로 발걸음을 옮겼다.

사무실을 나오는 순간, 그의 앞을 누군가 막아섰다.

아래로 내렸던 시선을 위로 올리니 리퍼 세일 감독이 보였다. 그의 뒤에는 ABO 드라마 기획국장 조나단 케일이 있었다.

"이제 한국으로 가시는 겁니까?"

리퍼의 물음에 규현은 미소를 지었다.

"네. 중요한 촬영은 모두 끝났고 대본도 통과되었으니, 이제 한국으로 돌아가야 할 것 같습니다."

"팀장 자리를 주겠네."

규현의 말에 조나단이 황급히 제안을 꺼냈다.

"네?"

"전속 계약을 하세. ABO 드라마 기획국 기획팀장 자리와 고액 연봉을 제안하겠네."

"안타깝지만 저는 거절하겠습니다. 한국에서 해야 할 일이 너무 많아서 말이죠."

그는 정중하게 거절했다.

조나단의 제안은 분명 나쁘지 않았다. 연봉 액수도 자세히 말하지 않았지만 적은 액수는 아닐 것이다.

"정말 안타깝군. 자네가 ABO 전속 작가가 되어준다면 정말 든든할 텐데……."

"뭐, 아직 계약이 끝난 건 아니니까요. 대신 한국에서 검은 사신 시즌 2를 적극 지원하겠습니다."

규현의 말에 조나단 케일은 씁쓸한 미소를 지었다. 규현을 전속 작가로 들이지 못해 많이 아쉬운 모양이었다.

"바로 한국으로 갈 생각이십니까?"

리퍼 세일 감독이 물었다. 규현은 미소를 지으며 대답했다.

"네. 호텔에 가서 짐을 챙긴 뒤 바로 떠날 생각입니다."

"하스너를 부르겠네."

"괜찮습니다. 그렇게 먼 거리도 아니고 혼자 갈 수 있습니다. 느긋하게 즐기면서 혼자 호텔까지 갈 생각입니다."

규현은 필 하스너를 부르겠다는 조나단 케일을 말렸다. 괜히 바쁜 사람을 더 바쁘게 만들고 싶지 않았다.

"그럼 이만!"

"시간이 된다면 한국에 한번 방문하겠습니다."

승강기를 향해 발걸음을 옮기는 규현. 그의 뒷모습을 보며 리퍼 세일 감독이 말했다. 규현은 말없이 승강기 버튼을 눌렀다.

승강기 문이 열리는 순간, 그는 뒤를 돌아 리퍼를 보며 희미한 미소를 보였다.

"그날을 기대하겠습니다."

규현의 말이 끝나고 승강기 문도 닫혔다.

1층에 도착한 규현은 이젠 익숙해진 출입증을 안내 데스크에 반납하고 호텔로 향했다.

짐을 챙기고 체크아웃을 하기 위해 로비로 내려간 규현은 프런트 앞에서 필 하스너를 볼 수 있었다.

"짐은 다 챙기셨습니까?"

"네, 결국 오셨네요."

"아무래도 체크아웃도 해야 하고 공항까지 데려다드려야 하니까요. 공항까지는 거리가 제법 멀어서 차로 이동하는 게 편할 겁니다."

필의 말을 들은 규현은 고개를 끄덕였다.

"그럼 마지막으로 신세 좀 지겠습니다."

"마지막처럼 말씀하시니 서운하네요. 작가님이라면 언제나 환영입니다. 뉴욕에 관광이라도 오시면 말씀해 주세요. 저희가 잘 모시겠습니다."

"하긴, 아직 시즌 2가 방송하지도 않았고 또 ABO와 계약할 수도 있으니 마지막은 아니겠네요."

규현의 말에 필 하스너는 입가에 미소를 머금은 채 조수석 문을 열어 주었다. 규현이 조수석에 탑승한 것을 확인한 필도 운전석에 탑승했다.

그는 곧 시동을 걸었고 두 사람을 태운 차량이 공항을 향해 출발했다.

"잭 프라이스와 로널드 메릴에 대해서 드릴 말씀이 있습니다."

"네, 말해보세요."

아무래도 잭과 로널드의 처우에 대해 말하려는 것 같았다.

"두 사람과의 계약은 파기되었고 내일부터 소송에 들어갈 준비를 하고 있습니다. 상황이 좋지 않다 보니 하워드 마크 부국장님도 그들을 변호하지 못하고 있습니다."

"아무래도 이 상황에 변호하긴 힘들겠죠."

규현이 아니었다면 잭과 로널드 때문에 엄청난 손해가 발생할 뻔했다. 그 사태를 규현이 막긴 했지만 손해가 발생하는 것을 완전히 피할 수 없었다.

"그리고 이제 두 사람은 이쪽 업계에 다시는 발을 붙이지 못할 겁니다. 저희가 그렇게 해두었습니다."

CBO에 비하면 조금 작다는 느낌이 있지만 ABO도 업계의 거물이었다.

신인 작가 두 명을 매장하는 것 정도는 어려운 일이 아니었다.

규현은 ABO의 조치에 조금 너무하다는 느낌도 받았지만 잭과 로널드를 변호해 줄 생각도 없었기 때문에 아무 말도 하지 않았다.

"도착했습니다."

필 하스너가 공항에 도착한 사실을 알리며 차에서 내려 조수석의 문을 열어주었다.

"감사합니다."

규현이 가벼운 인사와 함께 조수석에서 내리자 필은 문을 닫고 트렁크를 열고 규현의 가방을 꺼내주었다.

필이 건네는 가방을 규현은 받아들며 공항의 모습을 두 눈에 담았다.

다시 그리운 한국으로 돌아간다.

*   *   *

사람들에게 귀국 사실을 알려주는 걸 깜빡했기 때문에 공항에 그를 마중 나온 사람은 없었다.

오피스텔로 돌아온 그는 너무나 피곤했기 때문에 시차 적응이고 뭐고 다 무시하고 일단 침대에 누웠다.

주변 사람들에게 귀국 사실을 뒤늦게나마 문자메시지로 알린 규현은 눈을 감았고 다음 날 오전 10시가 되어서야 일어날 수 있었다.

"많이도 왔네."

규현은 눈을 뜨자마자 스마트폰을 확인했는데 지인들이 보낸 문자메시지가 30통이나 되었다.

한 번에 여러 통을 보낸 사람은 없었지만 30명의 사람이 한 통씩 안부를 묻는 문자메시지를 보낸 것이었다.

일일이 답장은 보낸 규현은 출근하기 위해 준비를 서둘렀다.

겨울이라 밖엔 찬바람이 불고 있었기 때문에 규현은 두꺼운 코트를 입고 가방에 노트북을 넣었다. 그리고 차를 이용해 금진 빌딩으로 향했다.

"형! 정말 오랜만이에요!"

"대표님! 기념품은 사오셨겠죠?"

사무실 문을 열고 들어가기 무섭게 규현은 격한 환영을 받았다.

작가들과 직원들은 하나같이 오랜만에 만나서 반가운 마음을 표현했는데, 특히 규현이 없는 동안 규현이 해야 할 업무의 일부를 분담한 하은과 상현, 그리고 칠흑팔검은 눈물을 훔치는 듯한 모습을 보이기까지 했다.

3명이서 분담하긴 했지만 규현이 평소에 하는 일이 워낙 많은 데다 최근 북페이지와의 경쟁이 식을 기세 없이 점점 과열되고 문학 왕국까지 이상 행동을 보이자 일은 전보다 더 늘어났다.

"딱히 사 온 건 없고 북페이지가 조금 조용해지면 다 같이 일본 여행이나 가죠."

고생하는 사무실 직원들과 작가들에게 뭔가 해주고 싶었다.

마음 같아선 모두 미국에 데려가고 싶었지만 그건 비용이 만만치 않았기 때문에 그나마 무난한 일본을 선택했다.

"진짜죠?"

"저 일본 한 번도 안 가봤는데… 열심히 일하겠습니다."

규현의 말에 직원들이 격한 반응을 보였다.

공짜로 일본 여행을 데려가 준다는데 싫어할 리가 없었다.

"북페이지가 조금 조용해지면 진행하겠습니다. 그러니 일단은 진정하고 다들 일하세요."

규현은 흥분한 작가들과 직원들을 진정시키며 자신의 자리로 향했다. 지금 당장 일본 여행을 가고 싶었지만 그러기엔 해야 할 일도 너무 많았고 변수도 존재했다.

"하은 씨, 잠깐 회의실로 와주세요."

"네, 이것만 정리하고 바로 가겠습니다."

의자 등받이에 코트를 정리한 규현은 회의실 문을 열고 들어가며 하은을 호출했다. 그녀는 하고 있던 일을 정리하고 회의실로 들어왔다.

"아침이라서 다들 바쁜 것 같아서… 방해하지 않으려고 회의실로 불렀습니다."

"네, 대표님."

"문학 왕국 쪽은 좀 어떻던가요?"

지금 상황에서 가장 시선이 가는 곳은 문학 왕국이었다. 마냥 조용히 있던 그곳이 갑자기 묘한 움직임을 보이기 시작했기 때문에 주시할 필요가 있었다.

"그렇지 않아도 보고드리려 했습니다. 제가 따로 알아본 결과, 다른 이북 플랫폼과의 거래를 중단하는 게 거의 확실시된 것 같습니다."

"그게 정말입니까? 자칫하면 고립될 수도 있을 텐데… 뭐, 믿고 있는 거라도 있는 겁니까?"

규현은 눈살을 찌푸리며 물었다.

현 상황에서 너도나도 독점한답시고 자기들의 상황도 고려

하지 않고 따라가면 고립되기 딱 좋았다.

뭔가 믿는 구석이 있는 게 아니면 아주 무모한 행동이었다.

"네. 아무래도 믿는 구석이 있는 것 같습니다."

"그게 뭡니까?"

규현의 두 눈이 반짝였다. 문학 왕국이 믿는 구석이라는 게 뭔지 궁금했다.

"코코아톡이 뭔지 알고 계시죠?"

"메신저 어플이잖아요. 한국에서 그거 모르면 간첩 아닙니까?"

코코아톡.

한국에서 가장 유명한 메신저 어플이었다.

코코아톡을 쓰면 와이파이를 이용해 공짜로 메시지를 보낼 수 있기 때문에 규현은 물론이고 국내의 많은 사람이 이용하고 있었다.

"그렇다면 'for 코코아'도 알고 계시겠네요?"

"물론이죠. 코코아톡과 제휴 관계인 게임 아닙니까?"

for 코코아 로고가 붙은 모바일 게임은 코코아톡과 연계되어 있기 때문에 코코아 계정으로 게임을 플레이할 수 있었다.

코코아 유저수는 아주 많았기 때문에 그들을 확보하기 위해 모바일 게임은 for 코코아를 로고를 붙이기 위해 노력했다.

나이츠 같은 경우엔 워낙 네임드가 있어서 for 코코아를 붙일 필요도 없었다.

"그거랑 비슷한 느낌으로 코코아와 연계된 이북 플랫폼을 문학 왕국에서 만들 생각인 것 같습니다."

하은의 보고에 규현은 머리를 세게 한 대 얻어맞은 기분을 받았다.

왜 생각하지 못했을까? 코코아와 연계된 이북 플랫폼을 구축하면 이용자 수를 걱정할 필요는 없었다.

코코아 이용자가 곧 이북 플랫폼의 이용자가 되니까.

"문학 왕국에선 어느 정도 진행했습니까?"

"저도 확실한 것은 모르지만 아직 코코아와 접촉한 것 같지는 않습니다. 외부로 소문이 돌지 않게 직원들 단속하면서 천천히 준비하고 있는 것 같습니다."

규현의 눈이 반짝였다.

문학 왕국은 아직 계획만 세웠을 뿐 코코아와 접촉하지 않은 것 같았다. 그렇다면 이것은 기회였다.

"하은 씨."

"네, 대표님."

"코코아와 접촉해야겠습니다."

규현의 말에 하은은 두 눈을 동그랗게 떴다.

"대표님?"

"가람북 어플을 코코아와 연계할 방법을 찾아보죠."

규현의 지시를 받은 하은은 빠르게 움직였다.

그녀는 출판업계에서 편집자로 일하면서 알게 된 지인들을 총 동원하여 코코아의 동태를 살폈다. 그리고 모든 게 확실해졌을 때 규현에게 보고했다.

"대표님, 문학 왕국이 코코아와 접촉하지 않은 게 확실합니다."

"지금 당장 코코아에 연락해야겠군요."

빠르면 빠를수록 좋다고 생각한 규현은 스마트폰을 꺼냈지만 이내 다시 집어넣었다.

"하은 씨, 예전에 친구의 지인이 코코아에 있다고 했죠?"

"네. 코코아 마케팅기획팀에서 근무하고 있습니다."

"마케팅기획팀장과 만나고 싶다고 전해주세요. 가능하면 은밀하게."

공식적인 연락처로 전화하려고 했지만 그렇게 한다면 여러 사람이 알게 되기 때문에 움직임이 노출될 우려가 있었다.

과거에도 마찬가지였지만 지금은 이북 플랫폼끼리 서로를 견제하는 게 매우 심해졌다.

규현이 문학 왕국과 북페이지를 주시하고 있는 것처럼 문학 왕국과 북페이지 또한 규현의 움직임을 주시하고 있을 것이다. 그렇기 때문에 가능하면 조용히 움직이는 게 좋았다.

"전달하겠습니다."

"그럼 부탁하겠습니다."

하은은 회의실에 남아서 코코아에 근무하는 지인을 둔 친구에서 전화를 걸었고, 규현은 사무실로 돌아와 귀환 영웅 원고 작업에 집중했다.

"형."

계약 문제로 작가와 전화 통화를 하기 위해 옥상에 올라갔었던 상현은 사무실로 돌아오기 무섭게 규현을 찾았다.

"왜 그래?"

"이호찬 작가가 특이한 조항을 요구하는데 어쩌죠?"

"이호찬 작가라면 얼마 전 내가 쪽지 보낸 작가 아니야?"

규현은 기억을 떠올렸다.

그는 신인은 아니었고 기성 작가임에도 불구하고 스탯에 비해 한참 부족한 등급의 작품들을 써내고 있었다. 다만 작가 스탯은 나쁘지 않았기 쪽지를 보냈었다.

"네, 맞아요."

상현이 대답했고 규현은 원고 작업을 잠시 멈추고 상현을 보며 입을 열었다.

"요구한 조항이 뭐야?"

"정산금을 빼먹으면 위약금을 요구할 수 있는 조항을 명확히 명시해 달라고 했습니다."

"어렵지는 않은데… 생각보다 조심성이 많네."

규현은 고개를 저었다.

상현이 잔뜩 긴장하며 말하기에 엄청난 조항이라도 요구한 줄 알았는데 별거 아니었다.

정산금 관련 문제는 출판사나 매니지먼트에 따라서 계약서에 자세히 명시되어 있지 않은 경우도 있지만 보통은 암묵적으로 지키고 있다. 그런데 자세하게 명시하도록 요구하는 것을 보니 조심성이 많은 작가인 것 같았다.

"이호찬 작가님이라면 그런 조항을 명시해 달라고 한 게 이해 갑니다."

조용히 대화를 엿듣고 있던 칠흑팔검이 말했다.

규현과 상현의 시선이 칠흑팔검에게 향했다.

"이호찬 작가님을 아시나 봐요?"

규현의 물음에 칠흑팔검은 고개를 저으며 입을 열었다.

"개인적으로 아는 사이는 아닙니다. 하지만 그분에 대한 소문은 들었습니다."

"소문이요?"

"네. 출판사에서 이호찬 작가님에게 줘야 할 정산금을 6개월째 미룬 채 지급하지 않고 있다고 합니다."

"그 말을 들으니 이제 이해가 가네요."

칠흑팔검의 말에 규현은 고개를 끄덕였다. 지급받아야 할 돈을 6개월째 받지 못하고 있다면 계약서에 그런 조항을 넣어 달라고 한 것도 이해가 갔다.

호찬의 입장에선 확실히 하고 싶었을 것이다.

"그런데 그 출판사는 도대체 어디랍니까?"

갑자기 호찬에게 정산금 지급을 미루고 있는 출판사가 어딘지 궁금해졌다.

"리디스 미디어입니다."

"거기 아직 살아 있었어요?"

칠흑팔검의 대답에 상현이 물었다.

규현과 한바탕 일이 터진 뒤, 완전히 무너져서 활동을 접었다고 생각하고 있었다.

"사실상 죽은 거나 다름없습니다. 급격한 재정 악화로 작가들에게 줘야 할 정산금 지급이 많이 밀리고 있습니다. 게다가 얼마 남지 않은 작가들도 모두 이탈하고 있는 상황입니다."

칠흑팔검의 설명대로 현재 리디스 미디어의 사정은 매우 좋지 않았다. 남아 있는 작가의 수가 20명이 되지 않는다는 소문도 돌고 있었다.

확실한 것은 현재 매출이 거의 없어서 말라 죽어가고 있다는 것이다. 그나마 아직 계약 기간이 남아 있는 완결작들에서 나오는 돈으로 간신히 회사를 유지하고 있다는 것 같았다.

"완결작들로 버티고 있지만 그마저도 계약 기간이 끝나면 리디스 미디어의 숨통이 완전히 끊어질 것 같습니다."

작가들이 빠져나가기만 하고 유입이 없으면 출판사나 매니지먼트는 치명적인 타격을 입거나 망할 수밖에 없다.

리디스 미디어는 규현과 다툼으로 이미지가 최악이 되었고 이것은 기존의 작가들을 떠나게 만들었을 뿐만 아니라 작가 유입을 막아버리는 자물쇠가 되었다.

"리디스 미디어에서 추가로 나오는 작가들 최대한 확보하도록 노력해 주세요. 기성 작가일 경우 장기적으로 보면 그 사람들이 쓴 구작까지 확보할 수 있습니다."

"알겠습니다."

규현은 칠흑팔검에게 리디스 미디어에서 나오는 작가들을 최대한 확보할 것을 지시했다. 지금 가람북이 다른 거대 이북 플랫폼에 비해 부족한 것은 작가와 작품 수였다.

북페이지와 나이버 스토어를 따라잡고 매출을 올리기 위해선 더 많은 작가를 영입할 필요가 있었다.

'문학 왕국에서 신인 작가들을 더 확보해야겠어.'

하은의 말을 듣고 보니 문학 왕국의 분위기가 이상하다는 것을 확실히 느낄 수 있었다.

그동안 바빠서 들어가지 못한 커뮤니티에 접속해 보니 작가들 사이에서도 묘한 소문이 도는 것을 확인할 수 있었다.

문학 왕국이 작가 유출을 단속한다면 신인 작가들의 공급이 상당히 힘들어지기 때문에 신인 작가들을 최대한 확보할 필요가 있었다.

"대표님."

생각을 바로 행동에 옮기는 것을 좋아하는 규현이 괜찮은 작가에게 쪽지를 보내기 위해 문학 왕국 홈페이지를 켠 순간 회의실 문이 열리고 하은이 나와 규현을 불렀다.

"코코아 마케팅기획팀에서 일한다는 분과 성공적으로 접촉하신 건가요?"

"네. 대표님의 연락처를 전달했습니다. 마케팅기획팀장에게 전달해 준다고 했으니 조금만 있으면 전화가 올 것 같습니다."

"고마워요, 수고했어요."

하은이 일처리를 잘해준 것 같았다.

규현은 스마트폰을 들고 회의실로 들어갔다. 하은의 말대로 얼마 지나지 않아서 스마트폰 벨소리가 울리기 시작했다.

화면을 확인해 보니 낯선 번호였다.

코코아 마케팅기획팀장일 확률이 높았기 때문에 규현은 망설임 없이 전화를 받았다.

"정규현입니다."

─코코아 마케팅기획1팀장 고병서라고 합니다. 무슨 일로 저를 찾았는지 알 수 있겠습니까?

예상대로 전화를 건 사람은 마케팅기획팀장이었다.

"코코아에 한 가지 제안을 하고 싶어서 이렇게 비공식적인 루트로 연락처를 전달해 드렸습니다."

―시간이 없으면 본론부터 말씀해 주셨으면 좋겠습니다.

병서는 규현에게 본론부터 말해줄 것을 요청했다. 그의 목소리에서 여유를 찾아볼 수 없었다. 많이 바쁜 것 같았다.

"네. 본론부터 말씀드리죠. 코코아와 제휴 계약을 진행하고 싶습니다."

―제휴 계약이요? 가람에서 게임도 서비스하고 있었습니까?

제휴 계약이라는 말에 병서는 당연히 for 코코아를 말하는 것으로 알았다. for 코코아는 게임을 주 대상으로 하고 있기 때문에 그는 가람이 게임도 서비스하고 있나 싶어 물었다.

"아뇨. 저는 가람북을 말하고 있는 겁니다."

―코코아 이용자들이 가람북을 이용할 수 있게 하고 싶다, 이겁니까?

"여러 가지 생각하고 있는 게 있지만 대표적인 건 고 팀장님이 방금 말씀하신 그대로입니다."

병서의 반응은 나쁘지 않았다.

―아무래도 이건 직접 만나서 결정해야겠군요. 혹시 저희 본사로 찾아오실 수 있으십니까?

병서의 말에 규현은 천천히 기억을 더듬어 코코아 본사 위치를 기억해 냈다. 인터넷에서 본 기억이 틀리지 않다면 코코아 본사는 제주도에 있었다.

"네. 내일까지 제주도로 가겠습니다."

일 때문에 외국에도 다녀왔는데 김포 공항에서 1시간 정도 걸리는 제주도 정도는 별거 아니었다.

—그리고 오실 때 저희 부장님에게 어필할 만한 자료도 가지고 와주시면 좋겠습니다.

병서는 긍정적인 생각을 가지고 있는 듯했지만 설득을 위한 자료를 가지고 와달라는 말을 하는 걸 보니 그의 상사는 까다로운 성격을 가지고 있는 것 같았다.

"그럼 내일 제주도 본사로 찾아뵙겠습니다."

—내일은 마침 외근이 없습니다. 언제라도 상관없습니다.

"그럼 내일 뵙겠습니다."

전화를 끊기 무섭게 규현은 항공권을 예약했다. 다행히 당일 예약이 가능했다. 그리고 노트북 화면을 집중해서 보고 있는 하은에게 다가가 가람과 가람북을 어필할 수 있는 자료 준비를 부탁했다.

"금방 준비해 드리겠습니다."

필요한 자료를 하은은 금방 정리해서 인쇄하여 서류집에 넣어 주었다.

서류집은 얇았지만 규현은 하은의 뛰어난 정리 능력을 믿었다. 중요한 내용은 포함되어 있을 것이다.

"오늘 조금 일찍 퇴근합니다. 비행기 시간에 맞춰야 해서요."

규현은 서둘러 가방을 챙겨 오피스텔로 향했다.

1박 2일, 아니면 길어도 2박 3일만 머물 예정이기 때문에 옷은 조금만 챙겼다.

짐을 싼 규현은 빨리 공항으로 가기 위해 자가용에 탔다. 공항 주차장 이용료가 비싸긴 했지만 상관없었다. 공항에 도착한 규현은 예약해 둔 항공권을 발권하고 비행기에 탑승했다. 1시간을 조금 넘는 짧은 비행 끝에 제주도에 도착한 규현은 코코아 본사 근처의 모텔에 방을 잡았다.

코코아 본사 근처엔 호텔이 없었기 때문에 어쩔 수 없는 선택이었다.

'쉬고 싶지만 원고 작업이 남아 있네.'

규현은 쉬고 싶었지만 급하게 제주도로 온 탓에 원고 작업이 조금 남아 있었기 때문에 늦은 시간까지 노트북 키보드를 바쁘게 두드릴 수밖에 없었다.

결국 늦은 시간에 침대에 누운 그는 다음 날 아침 8시경에 일어났다.

더 자고 싶었지만 아무리 늦게 자도 일정 시간만 되면 잠이 깨는 생체 시계 때문에 어쩔 수 없었다.

근처 식당에서 배달을 시켜 모텔에서 아침을 해결한 규현은 깨끗한 옷으로 갈아입고 코코아 본사를 향해 발걸음을 옮겼다.

"와!"

택시를 타고 코코아 본사에 도착한 규현은 특이한 디자인의 코코아 본사 건물을 보고 감탄사를 내뱉었다.

바로 안으로 들어가지 않고 잠시 코코아 본사 건물을 구경했다.

"돈이 많긴 한가 보네."

코코아는 메신저 어플을 통해 많은 돈을 벌었다고 들었다. 그래서 이렇게 멋진 건물을 지을 수 있었던 것 같았다.

1층 로비로 들어섰을 때도 규현은 감탄할 수밖에 없었다. 외관만큼이나 내부의 인테리어 또한 훌륭했다.

출근 시간은 한참 지났기 때문에 로비는 한산했다.

"무엇을 도와드릴까요?"

로비의 디자인도 특이했지만 구조도 요상했다. 그래서 규현이 데스크를 찾지 못해서 서성이자 보안 요원으로 보이는 남자가 다가와 물었다.

"안내 데스크가 어디에 있습니까?"

"안내해 드리겠습니다."

친절한 보안 요원의 안내 덕분에 규현은 안내 데스크를 찾을 수 있었다. 입구와 가까운 곳에 있어야 할 데스크는 미로 같은 로비의 깊숙한 곳에 있었다.

'이러니까 찾기 힘들지.'

속으로 불평을 하며 규현은 데스크로 다가갔다.

"정규현이라고 합니다. 고병서 팀장님과 약속이 되어 있습니다."

"잠시만요. 확인해 보겠습니다."

여직원은 어딘가로 전화를 걸었고 고개를 몇 번 끄덕이더니 전화를 끊었다.

"임시 출입증 발급해 드리겠습니다. 잠시만 기다려 주세요."

임시 출입증을 발급받은 규현은 여직원의 안내를 받아 본사 건물 안의 휴게 공간으로 향했다. 로비처럼 휴게 공간 역시 독특한 구조였다.

"잠시만 기다려 주시겠어요? 곧 고병서 팀장님이 오실 거예요."

"네, 감사합니다."

여직원이 돌아가고 규현은 의자에 편하게 앉아 병서를 기다렸다.

휴게 공간에 카페가 있었기 때문에 규현은 아이스티를 주문해 마시면서 여유롭게 기다렸다.

얼마 지나지 않아서 뿔테 안경을 쓴 남자가 반쯤 뛰다시피 안으로 들어왔다. 확실하게 알 수는 없었지만 아마도 병서일 것이라 규현은 생각했다.

주변을 둘러보다가 호흡을 가다듬으며 규현이 있는 쪽으로 거리를 좁히는 것을 보니 예상대로 병서였다.

"정규현 작가님이시죠?"

병서가 다가와 물었다.

규현과 처음 만나는 사람들은 모두 작가와 대표라는 호칭 중에서 선택을 망설였다. 작가라는 호칭을 선택하는 게 대부분이었고 병서 역시 그랬다.

"네, 고병서 팀장님이신가요?"

규현은 자리에서 일어나며 대답과 함께 물었다.

"네. 제가 마케팅기획1팀장 고병서입니다. 여기 명함입니다."

"네. 매니지먼트 가람 대표 정규현입니다."

병서와 규현은 자신을 정식으로 소개하며 명함을 교환한 뒤에서야 의자에 앉았다.

"잠시 실례하겠습니다."

병서는 양해를 구한 뒤 커피를 주문하고 돌아왔다.

"일단 여기 자료를 확인해 보시죠."

본격적인 대화를 나누기 전에 가람북을 확실하게 어필하는 게 좋겠다고 판단한 규현은 하은이 정리해 준 자료가 담긴 서류집을 테이블 위에 놓고 병서 쪽으로 슬며시 밀어주었다.

"확인하겠습니다. 어이쿠, 잠시만요."

서류집을 확인하려던 병서는 무선 진동 벨이 울리자 카운터로 가서 주문한 커피를 들고 온 뒤에서야 서류집의 자료들을 확인할 수 있었다.

침묵과 긴장 속에서 시간이 흘러갔다.

병서는 연신 커피를 마시며 신중하게 자료를 검토했다. 이따금 눈살을 찌푸렸는데 자료에 문제가 있는 건지 커피가 쓴 탓에 그러는 건지 규현은 알 길이 없었다.

다만 자료 검토가 다 끝났을 때 병서의 표정을 본 규현은 안도할 수 있었다.

그의 표정은 나쁘지 않았다.

"전체적으로 가람과 가람북의 가능성에 대해 알 수 있었습니다. 그럼 본론으로 들어가도록 하죠. 사업 계획이 어떻게 됩니까?"

병서는 커피를 한 모금 마시며 물었다.

자료를 검토하는 데 꽤 시간이 걸렸기 때문에 커피는 절반 정도밖에 남아 있지 않았다.

"서류집에 넣어둔 계획서를 보셨으니 대충은 아시겠지만 쉽게 설명하자면 코코아와 독점 제휴 계약을 하고 싶습니다."

"기본적인 질문을 하죠. 그렇게 하면 저희에게 무슨 이득이 있습니까?"

병서가 날카로운 눈빛을 보냈으나 규현은 침착하게 입을 열었다.

"계획서를 보시면 알겠지만 가람북과 코코아가 연계되면 코코아톡에서 바로 가람북 작품으로 이동해서 이용할 수 있습니다. 이용자들이 가람북의 이북을 읽기 위해 결제하는 과정에서 코코아는 결제 수수료를 챙기면 됩니다."

"정규현 작가님 말씀대로라면 저희는 독점 제휴를 하는 것보다 최대한 많은 이북 플랫폼과 제휴 계약을 해서 코코아에서 서비스하는 게 더 큰 이익을 창출할 수 있지 않겠습니까?"

병서의 물음에 규현은 미소를 지었다. 예상했던 질문이었다.

분명 많은 이북 플랫폼과 계약하는 게 코코아에서는 이득일 것이다. 하지만 현 상황에서는 그렇게 될 리가 없다고 규현은 자신할 수 있었다.

"이미 다른 이북 플랫폼을 말려 죽이기 위한 독점 제휴 경쟁이 시작되었습니다. 지금 상황에서는 웬만큼 규모가 있는 이북 플랫폼들은 모두 독점 제휴를 조건으로 계약을 요구할 겁니다."

"그렇다면 저희는 안정된 이윤 창출을 위해 북페이지와 계약해야겠군요."

규현은 미소를 지었다. 이것 또한 예상한 반응이었다.

"북페이지와 접촉하시겠다면 그렇게 하셔도 좋습니다. 하지만 저희보다 더 괜찮은 조건을 제시할 것 같진 않습니다."

"확신하십니까?"

"경쟁에서 이기기 위해선 경쟁자에 대해 조사할 필요가 있죠. 저희는 북페이지에 대해 많은 조사를 했습니다. 그들은 언제나 갑의 입장이 되길 원하죠. 코코아와의 계약에서도 그런 태도를 유지할 겁니다."

규현은 말을 마치며 남은 아이스티를 비웠다.

얼마 남지 않은 데다가 얼음이 녹아 연해진 아이스티가 목을 타고 넘어가는 것을 느끼며 규현은 병서를 향해 시선을 보냈다.

"장담할 수 있습니까?"

"네. 아마도 그럴 겁니다."

"그럼 확인해야겠군요. 오늘은 이만 돌아가셔도 좋습니다."

"네?"

이만 돌아가 봐도 좋다는 병서의 말에 규현은 깜짝 놀랐다.

쉽게 수확을 거둘 수 있을 것이라고 생각하지 못했지만 막상 아무런 수확도 없이 돌아가려니 너무 허탈했다.

"제 명함에 메일 주소가 적혀 있습니다. 메일로 자세한 계약 조건을 보내주시죠. 일단 저희는 북페이지와 교섭에 들어갈 겁니다. 조건을 확인해 보고 작가님이 제시한 조건이 더 좋으면 가람북과 계약하겠습니다."

병서가 설명했다.

전혀 예상하지 못한 건 아니었지만 조금 당황스러운 건 사실이었다. 북페이지가 갑의 입장을 고수할 것이라는 예상은 하은의 정보를 기반으로 했지만 규현의 주관적인 의견도 많이 포함하고 있었다.

북페이지가 갑의 입장을 고수하지 않고 코코아에 고개를 숙인다면 가람북 입장에선 곤란한 입장이 되어 버린다.

"이 자리에서 결정하세요. 저는 그렇게 한가한 사람이 아닙니다. 이 자리에서 결정하지 않으실 거면 북페이지와 계약하러 가시면 됩니다."

규현은 강하게 나갔다. 지금 필요한 것은 강수라고 생각한 것이다.

고분고분한 태도를 보이던 규현이 갑자기 강하게 나오자 원활한 흐름을 예상했던 병서는 당황한 기색이 역력했다.

"하지만 저희도 검토하려면 시간이 필요합니다."

"검토할 시간이 아니라 간을 볼 시간이겠죠. 자료는 방금 드린 걸로 충분하다고 생각됩니다만······."

규현은 말을 마치며 자료집을 검지로 가리켰다.

"하지만 부장님이 결정을 내려주셔야······."

"팀장님이 전권 가지고 오신 거 다 알고 있습니다."

"그걸 어떻게……."

규현의 말에 병서는 깜짝 놀랐다. 그냥 찔러봤는데, 들어맞은 모양이었다. 덕분에 일이 쉽게 풀릴 것 같았다.

"그건 중요한 게 아니죠."

"그래도 오늘 당장은 무립니다. 제가 전권을 가지고 있다고는 하지만 팀원들과 회의할 시간이 필요해요."

"그렇다면 제가 제주도에 있는 동안 부탁합니다. 주말에 금요일에 서울로 가는 비행기를 탈 생각입니다."

너무 몰아붙이면 역효과를 부르기 때문에 규현은 한 걸음 뒤로 물러나기로 했다.

"충분합니다."

"오늘은 이만 돌아가 보겠습니다."

부디 금요일까지 문학 왕국에서 코코아에 연락하지 않기를 바라며 규현은 숙소로 돌아갔다.

*   *   *

목요일, 병서로부터 연락을 받은 규현은 다시 코코아 본사로 향했다.

코코아 본사에 도착한 규현은 본사 건물 내부에 카페가 갖

취져 있는 휴게 공간에서 다시 병서를 만났다. 그는 이번에 서류 봉투를 들고 나왔다.

"일단 저희가 만든 계약서입니다."

"생각보다 빨리 만드셨네요."

"for 코코아 계약서를 참고해서 만들었습니다. 그래서 시간을 단축할 수 있었습니다."

병서가 내민 계약서를 규현이 확인했다. 전체적으로 계약서에 문제는 없는 것 같았지만 전문 기관에 검토를 요청할 필요는 있었다.

"전문 기관에 검토를 요청해도 되겠죠?"

"물론입니다."

"금방 다녀오도록 하겠습니다."

규현은 근처 법률 사무소에서 계약서가 법적으로 문제가 없는지 확인을 받고 돌아왔다. 그리고 그는 카페에서 다시 병서와 만났다.

"문제는 없지요?"

"네. 확실하게 확인했습니다."

규현의 말에 병서는 고개를 끄덕였다. 문제가 없다면 그것으로 됐다.

"그럼 계약서를 작성하겠습니다."

규현이 계약서를 건네자 병서는 자신이 작성해야 할 부분을 모두 작성했다. 그리고 규현에게 다시 돌려주었다.

"문제없는 것 같네요."

코코아에서 작성해야 할 부분에 문제는 없었다. 규현은 그렇게 대답하고는 나머지 빈 공간을 채워갔다.

"지금부터 작업에 들어가면 아마도 1월부터 제대로 서비스될 겁니다."

사인마저 끝낸 병서가 서비스 가능한 날을 대충 예상해서 말해주었다.

규현은 고개를 끄덕였다. 1월이면 나쁘지 않았다. 그전에 문학 왕국이 코코아에 접촉을 시도할 게 확실했지만 유감스럽게도 이미 코코아는 가람북과 독점 제휴 계약을 했기 때문에 문학 왕국과 계약할 일은 없을 것이다.

* * *

문학 왕국 편집기획부 회의실.

무거운 침묵이 감도는 가운데, 편집기획부장 강혁석이 입을 열었다.

"드디어 때가 된 것 같다."

"드디어 때가 된 겁니까?"

형석의 말에 기획팀장 서장훈이 맞장구치듯 말했다. 장훈의 앞에 앉은 편집팀장 한예나만이 아무것도 모르는 눈치였다.

"한 팀장님, 예전에 언급되었던 코코아와 제휴 계약을 말하는 겁니다. 그때는 준비가 덜 된 데다 상황을 보기 위해서 미뤘는데, 지금은 대표님도 결정을 내리셨고 준비도 끝난 것 같습니다."

아무것도 모르는 예나를 위해 장훈이 설명했다.

"아하… 그렇군요."

그제야 예나는 이해한 듯 고개를 끄덕였고 장훈의 시선은 다시 형석에게 향했다.

"그렇다면 이제 진행하는 게 확실해진 겁니까?"

"물론이다. 이미 내가 자네에게 관련 파일을 모두 메일로 보냈어. 그거 확인하고 일을 진행하면 될 거야."

형석은 힘없는 목소리로 말했다. 마지막으로 맡은 일을 마무리하느라 꽤나 무리한 탓에 누적된 피로가 상당했다.

"지금 메일을 열어봐. 그곳에 나의 모든 것이 있다."

"여전하시네요."

누적된 피로에도 불구하고 유머 감각을 잃지 않은 형석의 모습에 장훈은 입가에 미소를 지으며 눈앞의 노트북을 이용해 메일함을 열었다. 그리고 방대한 양의 첨부 파일을 확인할 수 있었다.

"엄청나네요."

첨부 파일을 열어본 장훈은 퀄리티가 보통이 아니라는 걸 알 수 있었고 형석의 능력에 감탄했다.

"나는 이제 좀 쉬고 싶으니… 서 팀장이 알아서 해주었으면 좋겠군."

"맡겨만 주세요! 제가 최선을 다해서 좋은 결과를 이끌어내 겠습니다!"

"그럼 오늘 회의는 여기까지."

회의가 끝나고 장훈은 즉시 사무실 밖으로 나갔다.

조용히 통화를 할 수 있는 공간을 찾아낸 그는 코코아 마케팅기획1팀장 고병서에게 전화를 걸었다. 이미 그의 전화번호는 확보한 뒤였다.

"후우!"

그는 심호흡을 했다.

아주 중요한 임무를 맡았기 때문에 긴장되는 것은 어쩔 수 없었다. 그는 통화 연결음이 이어지는 동안 간신히 마음을 진정시킬 수 있었다.

—고병서입니다.

"안녕하세요. 문학 왕국 편집기획부의 서장훈이라고 합니다."

—네, 말씀하세요.

"실은 저희 문학 왕국에서 코코아와 독점 제휴 문제로 긴히 이야기를 하고 싶은데… 혹시 시간되시나요?"

병서는 바로 대답하지 않았다. 긴장되는 순간이었다.

―저희 본사가 제주도에 있는 거 알고 계시죠?

"네. 물론 알고 있습니다. 물론 저희가 제주도로 이동할 예정이니 고 팀장님께선 굳이 서울로 오지 않으셔도 됩니다."

―그 말씀은 제주도에 온 건 아니라는 말이죠?

병서는 확실히 하기 위해 물었다.

"네, 그렇습니다."

―다행이군요. 그럼 오지 마세요. 저흰 이미 다른 곳과 독점 제휴 계약을 체결했습니다.

야심차게 건조(建造)한 함선이 항해를 제대로 시작하지 못하고 침몰해 버렸다.

53장

가람 공모전

　시간이라는 건 언제나 그렇듯 속절없이 강처럼 흘러갔다. 이렇듯 2018년의 마지막은 순식간에 흘러가 2019년 1월이 밝았다.

　문학 왕국을 시작으로 뒤늦게 코코아의 시장성을 깨달은 북페이지와 나이버 스토어 등이 접촉을 시도했지만 이미 코코아는 가람북과 독점 제휴 계약을 체결한 뒤였다.

　문학 왕국은 물론이고 북페이지와 나이버 스토어는 모두 가람북과 비교했을 때 부족함 없거나 오히려 규모가 더 큰 이북 플랫폼들이었다. 하지만 코코아는 가람북과의 독점 제휴 계약 때문에 다른 곳과 계약할 수 없었다.

이미 작업도 많이 진행된 데다 계약을 파기하면 아주 많은 위약금을 물어야 했기 때문에 코코아는 가람북을 믿고 계속 진행할 수밖에 없었다.

가람북의 발목을 잡기 위해 걸어둔 제약이 오히려 코코아를 묶는 족쇄가 되었다.

"연초부터 고생이 많으시네요."

"네. 최후의 흑마법사 온라인 게임의 세계관 구축이 본격적으로 시작되었나 봐요. 갑자기 검토해 달라고 문서 파일을 막 보내네요."

하은의 말에 규현은 입가에 희미한 미소를 머금은 채 답했다.

연초임에도 불구하고 가람북은 최후의 흑마법사 온라인 세계관 검토와 아마존 마케팅 관리 등 여러 일이 겹쳐서 매우 바쁘게 돌아가고 있었다.

규현은 너무 바빠서 1월 1일에 본가에 내려가지도 못하고 칠흑팔검, 그리고 하은과 함께 사무실에 출근해서 일했을 정도였다.

"그러고 보니 코코아 업데이트가 오늘이었던가요?"

탕비실에서 가져온 캔 커피를 자신의 책상 위에 올려놓으며 칠흑팔검이 물었다.

"네. 아마 오늘일 겁니다. 오후 4시쯤에 업데이트를 한다던 데 확인해 봐야겠군요."

금일 4시에 코코아톡 업데이트가 예정되어 있었다. 병서는 이 업데이트가 끝나면 코코아톡을 통해 코코아 이용자들이 for 코코아 게임을 이용하는 것처럼 가람북을 이용할 수 있게 될 것이라고 했다.

"벌써 4시네요. 확인해 봐야겠습니다."

시간은 흘러 금세 4시가 되었다. 사무실의 작가들과 직원들 은 약속이라도 한 듯 스마트폰을 꺼내 코코아톡을 업데이트 했다.

"어? 정말로 for 코코아 게임 옆에 가람북이 있어요!"

가장 먼저 코코아톡 업데이트를 끝낸 상현이 for 코코아 메 뉴 안에 등록된 가람북 아이콘을 발견하고 외쳤다.

"네, 저도 보이네요."

규현도 마침 업데이트가 끝나서 코코아톡을 확인할 수 있 었다.

코코아톡에는 for 코코아 메뉴가 따로 존재했는데 가장 눈 에 띄는 곳에 가람북 아이콘이 노출되어 있었다.

코코아는 코코아 페이라는 독자적인 편리한 결제 시스템을 구축하고 있었다.

규현은 코코아 페이를 이용해 캐시를 충전하고 가람북의

작품을 열람해 보았다. 아무런 문제없이 작품을 결제하고 작품을 열람할 수 있었다.

"결제 방식이 아주 편리한 것 같습니다. 코코아톡을 사용하는 이용자 수도 많으니, 가람북의 매출이 꽤 많이 상승할 것 같습니다."

하은이 말했다. 규현도 그녀와 같은 의견이었다.

이제 코코아 계정과 코코아 페이를 통해 충전한 캐시만 있으면 가람북에서 서비스하는 이북을 손쉽게 읽을 수 있었다.

스마트폰을 사용하는 이용자의 95%가 코코아톡을 사용하니 매출 상승은 확실했다. 다만 얼마나 상승하느냐가 문제였다.

"'선물하면 무료' 같은 시스템 도입하면 괜찮을 것 같은데… 어때요? 친구에게 이용권을 하나 보내면 보낸 사람도 이용권 하나 얻는… 뭐, 그런 거요. 싼값에 가람북을 모르는 사람들에게 홍보할 수 있을 것 같아요."

for 코코아 메뉴를 이리저리 살피던 현지가 조심스럽게 의견을 내놓았다.

"그렇지 않아도 선물하면 무료라는 이벤트를 고 팀장에게 전달했어. 그쪽에서도 괜찮은 것 같다고 하더라. 아마도 다음 주면 적용될 것 같대."

선물하면 무료는 이미 규현이 고병서 팀장에게 의견을 전달했고 마케팅기획1팀에서 관련 이벤트를 준비 중에 있었다. 특별한 일이 없는 한 다음 주 월요일부터 적용될 예정이었다.

"이제 정말 대박 날 일만 남았네요."

"그렇게 되면 좋겠습니다."

칠흑팔검의 말에 규현은 미소를 머금은 채 대답했다.

"일단은 며칠 지켜보는 게 좋을 것 같습니다."

하은의 말대로 규현은 며칠 동안 상황을 지켜보았다.

코코아와의 독점 제휴는 성공적이었다. 이전과는 비교도할 수 없을 정도로 매출이 크게 상승했고 월요일부터 적용된 선물하면 무료 시스템으로 for 코코아 메뉴를 이용하지 않는 이용자들에게도 가람북에 대해 홍보할 수 있었다.

가람북의 매출이 오르니 파란책 작품들 또한 매출이 증가했고 중간 정산 보고를 받은 그들은 행복한 비명을 질렀다.

이제 가람북이 필요한 것은 작가와 작품의 추가 확보였다. 파란책만으로는 부족했다. 더욱 많은 작가의 추가 확보가 필요했다.

코코아와 제휴를 하게 되면서 수요는 넘쳤지만 문제는 공급이었다.

"칠흑팔검 작가님, 명단 하나 드릴 테니까 쪽지 부탁합니다."

"알겠습니다."

작가의 추가 확보가 절실해지자 규현은 문학 왕국의 신인 작가들을 확인하고 괜찮은 스탯을 가진 작가들의 명단을 추려서 칠흑팔검에게 전달했다.

"대표님, 뭔가 이상합니다."

규현의 지시를 받고 명단의 작가들에게 쪽지를 보내려던 칠흑팔검은 뭔가 이상한 점을 깨닫고 다급하게 규현을 찾았다.

"갑자기 왜 그러세요?"

"일단 제 화면을 봐주시겠습니까?"

칠흑팔검의 요청에 규현은 그의 뒤로 이동에 노트북 화면을 보았다.

[쪽지 기능을 이용할 수 없습니다.]

칠흑팔검이 쪽지 작성을 클릭하니 나온 시스템 메시지였다.

"문학 왕국이 꽤나 강경책을 두는 것 같군요."

규현이 반쯤 혼잣말을 중얼거렸다. 아무런 잘못도 하지 않았는데 쪽지 기능이 차단되었다. 이것을 설명할 수 있는 것은 문학 왕국에서의 출판사와 매니지먼트의 활동 제한이다.

"확인할 게 있습니다. 잠시 통화 좀 하고 오겠습니다."

규현은 즉시 회의실 문을 열고 들어가 파란책의 기획팀장 조규태에게 전화를 걸었다.

─네. 안녕하세요, 작가님.

"혹시 문학 왕국 회사 계정의 쪽지 기능이 정지되지 않았습니까?"

규태가 전화를 받자 규현은 다급하게 질문했다.

─작가님도 확인하신 모양이시군요. 저희도 어제 확인했습니다. 아마 다른 출판사와 매니지먼트도 마찬가지일 겁니다.

갑작스럽게 쪽지 기능을 차단해 버리니 파란책 쪽에서도 당혹스러운 것은 마찬가지였다.

"이제 문학 왕국에서 출판사나 매니지먼트가 활동하긴 사실상 힘들겠네요."

─아무래도 그렇겠죠. 쪽지 기능이 마비되었으니… 문학 왕국에서 출판사가 할 수 있는 건 작품 업로드밖에 없겠죠. 이것마저 막는다면 정말 할 말이 없겠지만 문학 왕국의 매출에 가장 관련이 크니, 막지는 않을 겁니다.

규태가 한탄하듯 말했다. 그는 작품 업로드는 막지 않을 것이라 생각했지만 규현의 생각은 달랐다.

독점 제휴 경쟁이 더욱 과열된다면 아마 최후의 방아쇠를 당길 준비가 되어 있을 것이다.

"그런데 출판사와 매니지먼트의 활동을 제한한다면 문학 왕국에 연재하는 작가들은 문학 왕국의 자체 매니지먼트를 선택할 수밖에 없는 것입니까?"

—아니요. 저희 정보에 의하면 문학 왕국은 벌써 북페이지와 손을 잡았고 북페이지는 매니지먼트를 만들었습니다. 기존의 작가관리팀이 매니지먼트 업무를 수행하고 있는 것으로 알고 있습니다.

"북페이지는 안정적인 작가 보급책을 확보했군요."

신인 작가들이 어렵지 않게 글을 쓸 수 있는 문학 왕국과 손을 잡은 이상 북페이지는 안정적인 장기 작가 보급책을 확보한 셈이었다.

출판사와 매니지먼트의 활동을 제한하긴 했지만 문학 왕국이 가장 쉬운 작가 등용문이라는 사실은 변하지 않았기 때문에 신인 작가들의 유입은 크게 줄어들지 않을 것이다.

—네. 그렇게 되었네요. 그에 비해서 저희는 물론이고 다른 출판사나 매니지먼트들은 힘들어졌습니다. 이제 원고 투고에 많이 기댈 수밖에 없겠어요. 그리고 인터넷도 좀 살펴봐야겠고.

"마치 과거로 돌아간 것 같네요."

과거 연재 사이트가 없었던 종이책 전성기 시절에는 많은 신인 작가들이 원고 투고라는 이름의 작가 등용문을 통해 출판사와 계약을 했었다.

웹 연재 시장이 커지면서 원고 투고를 하는 것보다는 소설을 연재하면 그것을 보고 출판사나 매니지먼트에서 연락하는 쪽으로 대세가 변했지만 이제 다시 과거로 돌아와 버린 것이다.

―그래서 말인데, 부탁드릴 게 있습니다.

"네, 말씀하세요."

규태가 조심스럽게 말문을 열었다.

규현은 그가 하려는 부탁이 무엇인지 대충 예상할 수 있었다.

현재 문학 왕국에서 출판사나 매니지먼트의 활동을 제한했으니 신인 작가를 확보할 수 있는 수단은 사실상 원고 투고밖에 없다. 아마도 파란책은 외부에 노출이 잘 되지 않은 자신들의 웹사이트 외에 가람북에도 파란책 원고 투고란을 만들어달라는 것 같았다.

―가람북 홈페이지에 파란책 원고 투고란을 만들어주셨으면 좋겠습니다. 비용은 저희 쪽에서 지불하겠습니다.

규현의 예상대로 규태는 원고 투고란을 개설해 달라고 부탁했다.

"비용은 안 주서도 되지만, 대신 조건이 있습니다."

―어떤 조건이죠?

"독점 제휴 계약을 10년으로 연장해 주셨으면 좋겠습니다."

―…저 혼자서 결정할 일이 아닌 것 같습니다. 사장님과 논의를 해본 뒤, 다시 연락드리겠습니다.

파란책과 독점 제휴 계약 기간은 2년이었다. 무려 5배나 늘려달라는 다소 무리한 요구였지만 규태와 파란책 입장에선 고민할 수밖에 없을 정도로 상황이 좋지 않았다.

"천천히 생각해 보고 연락주세요."

규현은 천천히 생각해 보고 연락해 달라고 했지만 파란책의 상황은 여유롭지 않았기 때문에 다음 날 아침 출근 시간에 규현은 규태에게서 걸려온 전화를 받을 수 있었다.

"정규현입니다."

─네. 안녕하세요, 작가님. 조규태입니다.

"네, 조 팀장님. 사장님과 이야기는 끝낸 겁니까?"

질문하긴 했지만 대답은 정해져 있다고 생각했다.

─네. 연장하기로 했습니다. 오늘 오후에 제가 직접 계약서를 들고 사무실로 찾아가겠습니다.

오후에 찾아온다고 했던 규태는 점심시간이 끝나기 무섭게 사무실로 찾아와 독점 제휴 계약 연장을 하고 돌아갔다.

"상현아, 내가 알아보라고 한 건 알아봤어?"

규태가 돌아가고 규현은 회의실에서 나와 상현을 찾았다.

일하는 것을 멈추고 잠시 의자에 앉아 커피를 마시며 휴식을 취하고 있던 상현의 시선이 규현에게 향했다.

"네. 알아봤는데, 금진 빌딩 4층이 2월이나 3월에 옮길 수 있다고 하네요."

규현이 상현에게 알아봐 달라고 부탁한 것은 최대한 빨리 옮길 수 있는 빈 사무실이었다.

두세 명의 직원을 더 고용해야 했는데 현재로서는 책상을 놓을 자리가 없었다. 그렇다고 해서 사무실에 출근하는 작가들을 오지 못하게 할 수도 없었기 때문에 더 넓은 곳으로 사무실을 옮길 계획이었다.

"금진 빌딩이면 여기 4층?"

"네. 여기 4층이에요."

규현의 질문에 상현이 대답했다. 같은 건물 4층이니 이사하기 편할 것 같았다.

"사무실 옮기면 바로 새 직원을 뽑을 거죠?"

상현이 물었다.

그는 하은과 함께 고객 지원 업무도 조금 맡아서 보고 있었는데, 코코아와의 제휴 계약이 체결되면서 이용자가 급증하여 둘이서 하기엔 조금 힘들었던 모양이었다.

규현은 입가에 미소를 머금은 채 입을 열었다.

"일단 뽑은 다음에, 2월이나 3월에 출근하라고 하면 되지. 그나저나 너… 내가 쓰라고 한 건 쓰고 있지?"

"로맨스 소설 말씀하시는 거죠? 그건 이미 칠흑팔검 작가님에게 원고 넘겼어요."

상현의 말에 규현의 시선이 칠흑팔검에게 향했다.

자신을 향한 규현의 시선을 느낀 칠흑팔검은 노트북 키보드를 두드리는 것을 잠시 멈추고 입을 열었다.

"지금 교정 보고 있습니다. 죄송합니다. 최근 업무량이 많아서 보고하는 것을 깜빡하고 말았습니다."

칠흑팔검을 탓할 순 없었다. 업무 폭탄을 던진 사람은 다름 아닌 규현이었으니까. 그가 일을 많이 벌이면서 가람 직원들은 업무 폭탄을 맞아야만 했다.

최근은 조금 나아졌지만 2018년 12월부터 직원들의 업무량은 상상을 초월하는 수준이었다.

"칠흑팔검 작가님."

"네, 대표님."

"교정 끝나면 저한테 원고 좀 보내주세요. 한번 확인해 보려고요."

"알겠습니다."

"그리고 하은 씨."

규현은 칠흑팔검에게 상현의 원고 교정이 끝나는 대로 메일로 보내줄 것을 부탁한 뒤, 하은을 향해 시선을 옮겼다.

"네."

"가람북 웹사이트에 파란책 원고 투고란을 개설할 겁니다. 외주 업체에 주문 부탁할게요."

가람북은 웹사이트를 관리할 수 있는 직원이 없었기 때문에 관리 및 보안을 외주 업체에서 맡아서 하고 있었다.

그래서 배너를 변경하거나 새로운 배너를 변경해야 하는 상황이 찾아오면 조금 귀찮더라도 외주 업체에 서류를 보내야만 했다.

"그러고 보니까 대표님이 바빠서 미처 드리지 못한 보고서가 있습니다."

하은이 서랍에서 보고서를 꺼냈다.

"그래요? 어서 주세요."

규현은 하은에게서 보고서를 받아 읽었다. 리턴 테라포밍 영문판 아마존 출간과 일본 출간에 대한 보고서였다.

리턴 테라포밍의 높은 해외 흥행 스탯 때문에 어느 정도 예상했지만 해외 출간은 매우 성공적이었다.

국내 흥행 부진으로 시무룩해 있는 병규에게 알려주면 기뻐할 것 같았다.

규현은 보고서를 꼼꼼히 읽은 뒤 병규에게 기쁜 소식을 전하기 위해 회의실로 들어가 그에게 전화를 걸었다.

—여보세요?

"김병규 작가님? 가람의 정규현입니다."

—아… 네, 작가님. 무슨 일이시죠?

병규의 힘없는 목소리에 규현은 씁쓸하게 웃었다. 아무래도 흥행하고 있는 중국에 비해 국내 흥행이 부진한 탓에 입은 상처가 생각보다 큰 것 같았다.

"리턴 테라포밍이 미국과 일본에 출간된 건 알고 계시죠?"

─네. 며칠 전에 칠흑팔검 작가님에게 들었습니다.

"성적이 어느 정도인지 궁금하지 않으세요?"

─미리 알고 싶진 않네요. 그저 심판의 날을 기다릴 뿐입니다.

병규는 완전히 의기소침해 있었다.

중국의 흥행 대성공으로 아주 높이 올라간 상태에서 추락한 탓에 그 충격이 오래 가는 것이었다.

"작가님이 오해하시고 있는 것 같은데, 일본과 미국의 반응은 아주 뜨겁습니다."

─정말입니까?

규현의 말에 병규의 목소리에 힘이 조금 돌아왔다.

"일본에서는 벌써 증쇄했고요. 미국에서도 지금 며칠 동안 매출이 한국에서의 리턴 테라포밍 매출을 넘어서고 있습니다."

─정말 다행이네요.

규현의 희망적인 말에 병규가 다시 밝아졌다.

"제가 앞서 말씀드렸지만 리턴 테라포밍은 외국 시장을 노릴 겁니다. 지금 반응이 좋으니 계속 열심히 써주셔야 합니다."

―네. 최선을 다해 쓰겠습니다.

"그럼 부탁드리겠습니다."

전화를 통해 병규에게 희망을 심어준 규현은 전화를 끊고 한숨을 쉬며 의자를 빼서 앉았다.

병규의 상태가 워낙 심각해서 조금만 늦게 전화했다면 아마도 슬럼프가 찾아와 집필 속도가 꽤 많이 줄어들었을 것이다.

"쉬운 게 아니네."

새삼스럽게 매니지먼트 일이 쉽지 않다는 것을 깨달았지만 이제 포기하기엔 늦었다.

규현은 가볍게 몸을 풀고는 회의실에서 나왔다.

"대표님, 메일로 보내두었습니다."

회의실에서 나오기 무섭게 칠흑팔검이 보고했다. 규현은 고개를 끄덕이며 의자에 앉아 메일함을 확인했다.

칠흑팔검이 보낸 메일이 있었다.

"확인했습니다. 감사합니다."

"네."

규현이 메일을 확인했다고 말하자 칠흑팔검은 자기가 해야 할 일에 집중하기 시작했다. 규현은 조금 전에 가져다놓은 캔커피를 따서 마시며 첨부된 문서 파일을 다운받아서 마우스를 가져갔다.

[여제의 검]

분류: 로맨스.

종합 등급: B.

예상 흥행: 국내 B.

여제의 검은 상현이 처음 쓴 로맨스 소설임에도 불구하고 스탯이 매우 높았다.

규현은 자신이 바빠서 도와주지도 못했는데 이렇게 좋은 결과가 나오니 놀랄 수밖에 없었다. 문서 파일을 클릭해서 대충 읽어보니 특출한 점은 없었지만 전체적으로 읽기 편하고 깔끔했다.

"상현아, 수고했어. 이 정도면 우리 로맨스 라인도 문제없을 것 같다."

"강예리 작가님이 많이 도와주셨어요!"

상현의 말에 규현의 시선이 예리에게 향했다. 자신의 노트북 화면에 집중하던 그녀는 시선을 느끼고 규현을 향해 시선을 옮겼다.

"특별히 한 건 없어요. 그냥 조언을 몇 번 해드렸을 뿐이에요."

예리가 긍정했다.

그제야 규현은 고개를 끄덕일 수 있었다. 상현이 혼자 썼다고 하기엔 퀄리티가 높다 싶었는데 역시 예리의 도움이 있었던 것이다.

"앞으로도 우리 상현이 잘 부탁합니다."

규현의 말에 무슨 생각을 했는지 모르겠지만 예리의 볼이 붉게 물들었다.

"네……."

수줍게 대답하는 그녀의 모습에 규현은 두 사람 사이에서 흐르는 수상한 기류를 어렵지 않게 눈치챌 수 있었다.

"하하하."

규현은 말없이 의미심장한 웃음소리를 흘리며 귀환 영웅 원고 작업을 시작했다.

귀환 영웅 원고 작업에 집중하니 시간은 금방 흘러가 어느덧 퇴근 시간이 되었다. 작가들은 모두 퇴근하고 사무실엔 직원들만 남아서 업무에 집중했다.

전보다 조금 나아졌다고는 하지만 여전히 업무가 많았기 때문에 정시 퇴근하는 것은 무리였다.

"다들 피곤하시고 배도 고플 텐데 저녁 먹고 와서 계속하죠."

슬슬 배가 고플 시간이었다.

규현은 일의 효율을 위해 잠시 저녁을 먹으면서 잠시 쉬기로 했다.

업무에 지친 직원들을 위해 그는 근처 식당에서 자신의 카드로 직원들의 저녁을 계산했다. 그리고 다시 사무실로 돌아와 열심히 일을 하기 시작했다.

"후우!"

원고 작업의 연속으로 지친 규현은 한숨을 내뱉었다. 그는 잠시 휴식하면서 메일함을 확인했다. 영어로 된 메일이 하나 도착해 있었다.

[뉴욕 북스 기획실장 제이슨 케딘입니다. 아마존에 올라온 귀환 영웅과 리턴 테라포밍을 보고 급히 연락드립니다. 아직 종이책 계획이 없으시다면 저희 뉴욕 북스와 종이책 출간 계획을 상의해 보지 않으시겠습니까?]

뉴욕 북스라면 미국에서 꽤 괜찮은 중견 장르 출판사였기 때문에 거절할 이유가 없었다. 규현은 바로 계약서를 보내달라는 답장을 보냈고 며칠 뒤 사무실에 계약서가 도착했다.

규현은 병규를 만나기 위해 부산까지 내려가서 계약서에 사인을 받았다. 그리고 그것을 다시 미국의 뉴욕 북스에 보냈다.

[제이슨 케딘입니다. 보내주신 계약서는 확실하게 받았습니다. 종이책 출간을 최대한 빨리 진행하겠습니다. 베스트셀러가 될 것을 믿어 의심치 않습니다. 저희와 함께해 주셔서 감사합니다.]

"대표님, 회의 시작할 시간입니다."

가람의 편집자 강석규가 규현에게 회의 시작을 알리며 회의실 문을 열고 들어갔다.

석규의 말에 오늘 정기 회의가 있다는 것을 뒤늦게 깨달은 규현은 책상을 대충 정리한 뒤 회의실 안으로 들어갔다.

작가들은 이미 모두 퇴근했고 직원들은 모두 회의실에 모였기 때문에 규현마저 회의실로 들어가자 사무실은 텅 비었다.

규현이 회의실로 들어와 자리에 앉자 회의가 시작되었다. 여러 안건들과 보고 사항들이 올라왔다.

"대표님, 그리고 얼마 전에 코코아에서 연락이 왔습니다."

"코코아에서 왜요?"

하은의 말에 규현은 의아한 표정으로 물었다. 그가 생각하기엔 코코아에서 전화할 만한 일이 없었기 때문이었다.

가람북은 아무런 문제없이 운영되고 있었다.

"가람북에서 서비스하고 있는 작품의 수가 적다고 추가로 작품을 확보해 달라고 합니다."

코코아와 가람북의 제휴로 코코아 이용자들이 아주 쉽게 가람북을 이용할 수 있게 되었다. 그러면서 양측의 매출은 아주 많이 상승하게 되었지만 인간의 욕심은 끝이 없다고 코코아는 더욱더 매출이 오르기를 원하고 있었다.

가람북의 작품이 부족한 것을 코코아 또한 잘 알고 있었다. 넘치는 수요에 비해서 공급이 부실하니 추가로 얻을 수 있는 매출을 얻지 못하고 있다고 코코아 측에서는 생각하고 있는 것 같았다.

위약금 때문에 계약은 파기할 수 없으니 이렇게 재촉하는 것이다.

"어차피 작가들의 추가 확보는 필요했습니다. 그런데 이런 상황에서 문학 왕국이 문을 닫은 게 안타깝네요."

규현의 말에 모두 고개를 끄덕였다.

가람은 물론이고 보통의 출판사와 매니지먼트들에게 있어서 문학 왕국은 신인 및 기성 작가들과 접촉할 수 있는 일종의 만남의 광장이었다. 그런데 그게 사라졌으니 신인 및 기성 작가들과 접촉할 수단이 당장은 모호했다.

"작가들을 추가로 확보해야 합니다. 의견을 모아주세요."

"원고 투고를 받는 것은 어떨까요?"

평소 회의 시간에 조용히 있던 일도가 조심스럽게 손을 들고 의견을 말해 보았지만 규현의 마음에 들진 않았다.

규현은 고개를 저으며 입을 열었다.

"원고 투고는 이미 받고 있지만 문학 왕국이 문을 닫고 원고 투고를 해온 신인 작가는 2명에 불과합니다. 그리고 그마저도 계약하기엔 부족합니다."

문학 왕국이 출판사와 매니지먼트의 활동을 제한하면서 원고 투고 비율이 다소 증가할지도 모른다고 규현은 생각했었지만 실제로 겪어보니 예전과 비슷했다.

"문학 왕국의 분위기는 어떻습니까? 작가들이 반발하진 않습니까?"

"유감스럽게도 그렇지 않습니다."

출판사와 매니지먼트의 활동이 제한되면서 작가들 또한 업체 선택 폭이 줄어들어 손해를 봤다고 할 수 있었다.

규현은 작가들의 반발이 클 것이라고 생각했지만 유감스럽게도 현실은 그렇지 않았다.

"문학 왕국은 평소처럼 돌아가고 있습니다."

"문학 왕국에서 이제 활동 가능한 매니지먼트가 북페이지 자체 매니지먼트와 문학 왕국 자체 매니지먼트밖에 없는데도 아무도 불만을 토로하지 않는다는 겁니까?"

"불만을 토로하는 작가들도 있지만 이미 갑이 되어버린 문학 왕국에 대들 수 있는 작가는 없습니다. 게다가 정정해 드리자면 두 곳이 아니라 세 곳입니다."

"무슨 말씀이죠?"

하은의 말에 규현은 두 눈을 가늘게 뜨고 그녀를 바라보았다. 하은은 침통한 얼굴로 입을 열었다.

"판타지 제국이 문학 왕국 공식 출판사가 되었습니다. 문학 왕국에서 활동을 허락받은 셈이죠. 아마 북페이지와 연관된 출판사나 매니지먼트는 차례대로 행동 제한이 풀릴 것 같습니다."

"이것으로 문학 왕국은 우리와 완전히 다른 노선을 타버렸네요."

상현이 한탄하듯 혼잣말에 가깝게 중얼거렸다. 그 말을 들은 하은이 고개를 끄덕였다.

"그런 셈이죠."

"문학 왕국도 어쩔 수 없는 선택을 한 겁니다. 독점 경쟁이 치열해진 상태에서 최선의 선택을 해야만 했습니다. 우리와는 다른 노선을 탔지만 어쩔 수 없는 일이죠."

규현의 말에 모두가 고개를 끄덕였다.

규현은 아직 따뜻한 커피를 한 모금 마신 뒤 다시 입을 열었다.

"아무래도 그 방법밖에 없을 것 같네요."

"무슨 방법이라도 있습니까?"

혼잣말에 가까운 규현의 말에 칠흑팔검이 반응했다.

"공모전입니다."

규현이 꺼낸 카드는 공모전이었다.

"공모전을 한다는 말씀이세요?"

석규의 물음에 규현은 고개를 끄덕이며 입을 열었다.

"공모전만큼 작가들을 끌어모으는 데 좋은 건 없다고 생각합니다."

홍보만 제대로 된다면 공모전은 작가들을 끌어오기 좋은 수단이 될 수 있었다. 특히 공모전은 신인 작가들을 유혹하기 좋은 과실이었지만 상금을 많이 걸고 규모를 확대한다면 기성 작가들의 시선을 잡는 것도 충분히 가능했다.

"그렇다면 대표님, 상금은 어느 정도를 생각하고 계신가요?"

"어느 정도 투자할 필요는 있다고 생각합니다."

하은의 물음에 규현이 대답했다.

상금이 너무 적으면 참여하려는 작가들의 수가 크게 줄어들 게 분명했기 때문에 어느 정도 투자하는 게 좋았다.

"그 어느 정도가 얼마를 말씀하시는 건지……."

하은은 자세한 설명을 요구했다.

그녀는 회사의 예산 또한 관리하는 경영지원팀장이기 때문에 상금 규모를 명확하게 알 필요가 있었다.

"5,000만 원 정도의 규모를 생각하고 있습니다."

"대표님, 5,000만 원은 조금 무리입니다. 지금 회사 재정 상태로 볼 때 4,000만 원이 한계입니다."

"공모전 상금을 지급할 때쯤이 되면 코코아에서 대금이 들어오지 않습니까?"

규현은 코코아에서 들어올 대금을 생각하고 5,000만 원을 부른 것이었다. 정기적으로 확인하는 경영지원팀의 보고서를 보면 매출이 상당했기 때문에 문제가 없을 것이라고 생각했다.

"코코아 페이의 결제 방식 때문에 3개월 정도 후에 대금이 들어옵니다."

"아… 그렇군요."

몰랐던 사실이었다.

"가람북에서 발생하는 다른 곳 수익도 3개월 후에 들어오기 때문에 통상적인 공모전 기간을 고려해 볼 때 상금으로 사용할 수 있는 예산은 4,000만 원 정도입니다."

"4,000만 원이면 부족한데……."

"어쩔 수 없습니다. 예산이 부족해요. 어디서 후원이라도 들어오지 않은 이상 5,000만 원은 힘듭니다."

하은은 고개를 저었다. 현재 가람이 보유한 자금으로는 5,000만 원의 상금을 감당하기엔 무리였다.

"후원만 있다면 가능하다 이 말이군요."

규현의 두 눈이 빛났다.

"네. 부족한 만큼 후원만 있다면… 상금 규모를 늘리는 것도 가능하죠."

"제가 5,000만 원을 후원하겠습니다. 그리고 상금 규모를 9,000만 원으로 늘리죠."

규현의 말에 직원들 모두 놀랐다. 그가 돈이 많다는 것을 다들 알고 있었지만 5,000만 원을 선뜻 내놓을 줄은 예상하지 못했다.

"저도 1,000만 원을 후원하겠습니다. 이왕 하는 거 1억 원으로 맞추는 게 보기 좋지 않습니까?"

"칠흑팔검 작가님……."

규현이 먼저 모범을 보이자 칠흑팔검도 선뜻 1,000만 원을 후원하겠다는 의사를 밝혔다. 규현이 후원한 금액에 비하면 상대적으로 적은 액수였지만 1,000만 원은 결코 작은 돈이 아니었다.

"1억 원이면 국내 장르 소설 공모전 중에선 제법 규모가 있다고 볼 수 있습니다. 이 정도면 작가들이 많이 모일 것 같네요."

하은의 말대로 총 상금 1억 원이면 장르 문학계에서 최대 규모는 아니었지만 작가들의 이목을 끌기엔 충분했다.

괜찮은 실력을 가진 작가들의 투고를 기대해도 좋을 것 같았다.

"수상자는 몇 명으로 할 건지 의논해 보도록 하죠."

규현의 말을 시작으로 회의실의 직원들은 수상자를 몇 명으로 하는 게 좋을지 논의했다. 수상자 수를 정하는 데 오랜 시간이 걸리지 않았다.

"그럼 재확인하겠습니다. 대상 1명, 우수상 1명, 장려상 10명으로 결정되었습니다."

하은이 결과를 발표했다.

그녀는 노트북 키보드를 빠르게 두드려 회의 내용을 기록하는 한편, 말을 이어가기 위해 다시 입을 열었다.

"상금은 대상 3,000만 원. 우수상 2,000만 원. 장려상 500만 원으로 결정되었습니다."

"대표님, 장려상 수상자가 10명이면 너무 많은 거 아닙니까? 차라리 대상과 우수상의 상금을 늘리는 게 좋지 않을까요?"

일도가 조심스럽게 의견을 냈다.

규현은 고개를 저었다.

"이번 공모전의 목적은 최대한 많은 작가들을 확보하는 겁니다. 그 목적을 달성하기 위해선 장려상을 대폭 늘릴 수밖에 없죠."

수상하지 않은 작가들에게 개인적으로 계약 제의를 할 수도 있지만 이 경우 그들이 거절할 확률도 높진 않지만 다소 존재했다.

　계약이 강제되는 수상자를 늘리는 것이 안정적인 작가 확보에 도움이 된다는 말이었다.

　"그럼 언제 공지하는 게 좋을 것 같습니까?"

　"공지는 최대한 빨리 하는 게 좋겠죠. 그래야 더 많은 사람들이 볼 테니까."

　석규의 물음에 하은이 대답했다. 규현의 시선이 하은에게 향했다.

　"외주 업체에 공모전 개요를 전달하고 배너를 제작해서 웹사이트에 올려달라고 하세요."

　"알겠습니다."

　하은이 고개를 끄덕였다.

　"오늘 정기 회의는 여기까지 하겠습니다. 오늘은 다들 일찍 퇴근하셔도 좋습니다. 공모전이 시작되면 본격적으로 바빠질 테니까요."

　규현이 오랜만에 일찍 퇴근할 것을 허락했음에도 불구하고 공모전이 시작되면 엄청나게 바빠질 것이라는 것을 알기 때문에 직원들의 표정은 그렇게 밝지만은 않았다.

　보통 공모전 공지를 본 순간부터 평범한 작가들은 집필에 들어가지만 언제나 공모전에 대비해 원고를 준비하고 있는 작가들도 있기 때문에 공모전 초기에도 방심할 수 없었다.

"하은 씨는 외주 업체에 배너 제작 요청하고 퇴근해 주세요."

"걱정 마세요. 일을 끝낸 뒤에 퇴근하겠습니다."

"그동안 저는 원고 작업이나 하고 있겠습니다."

회의실을 나온 직원들이 퇴근 준비를 서두르는 사이, 규현은 책상 앞 의자에 앉아 노트북 전원을 켜고 원고를 작업하기 시작했다.

분주히 노트북 키보드를 두드리는 규현의 모습을 보며 하은은 미소를 지으며 그녀 자신도 자리에 앉아 외주 업체에 보낼 기획안을 작성하기 시작했다.

"기획안 완성했습니다. 확인 부탁드리겠습니다."

얼마 지나지 않아서 기획안을 완성한 하은은 규현에게 확인을 부탁했다.

"아무런 문제없네요. 이대로 외주 업체에 보내세요. 나머진 그 사람들이 알아서 할 겁니다."

규현이 승인했다.

기획안을 외주 업체에 보내고 퇴근 준비를 서두르던 그녀는 여전히 앉아서 노트북 키보드를 두드리고 있는 규현의 모습을 보고 입을 열었다.

"대표님, 퇴근 안 하세요?"

"이 챕터만 정리하고 퇴근하려고요."

무리하게 도전했던 로맨스 소설을 완결하면서 조금 여유가 생겼지만 여전히 그가 해야 할 일과 써야 할 글은 많았다.

"먼저 퇴근하겠습니다."

"푹 쉬세요. 내일부터 엄청 힘들어질 겁니다."

규현은 입가에 희미한 미소를 머금은 채 말했고 하은은 미소로 화답했다. 그리고 그의 예상은 조금도 틀리지 않았다.

"맙소사."

오후 2시. 점심시간이 막 지나간 시간, 사무실에서 비명에 가까운 상현의 목소리가 사무실을 흔들었다.

"대, 대표님……."

"왜 그래?"

한창 일하고 있던 작가들과 직원들의 시선이 그에게 집중되었고 규현은 이유를 물었다.

"벌써 40작품 정도 투고가 들어왔습니다."

공지가 올라간 시간은 오전 10시 정도였다. 약 4시간 만에 40작품이 투고가 들어왔다는 것이다.

"생각보다 많이 들어왔네요?"

예리도 조금 놀란 얼굴이었다.

24시간이 지나지 않았는데 40작품이 투고되었다는 건 엄청난 일이었다.

아직 초반이라서 공모전을 기다리고 있던 작가들이 일제히 준비된 원고를 투고한 것이기 때문에 일시적인 현상이라고 볼 수 있었다.

이제 뒤늦게 공모전을 준비하는 작가들이 원고를 써서 보내는 중반까지는 매일 투고되는 양이 줄어들 것이다.

"본선 심사 위원은 어떻게 간다고 하셨죠?"

상현이 물었다. 회의 때 공지했었는데 집중하지 않은 모양이었다.

"나랑 칠흑팔검 작가님, 그리고 김병규 작가님이 본선 심사를 맡을 거야. 예선은 알고 있겠지만 편집기획실에서 맡을 거야."

"저는 편집기획실 소속이 아니니까 쉴 수 있는 건가요?"

상현은 여러 가지 업무를 맡고 있었지만 엄밀히 말하면 경영지원팀 소속이었다.

"미안하지만 편집기획실만으로는 공모전 규모를 감당하지 못할 것 같다. 미안하지만 너도 도와줘야겠어."

빠져나가려던 상현은 규현의 말에 속으로 소리 없는 비명을 질렀다.

공모전에 투고된 작품 명단을 관리하고 있었기 때문에 해야 할 일이 얼마나 많은지 알고 있었다. 그래서 더욱 절망했다.

"너무 걱정하지 마. 2월에 사무실 옮기면서 직원 2명 추가로 받을 거야."

"2명 새로 받아도, 웹사이트 관리 업무랑 고객 관리 업무잖아요."

"적어도 고객 관리 업무를 집중적으로 할 사람이 한 명 생기니까, 네가 평소 하던 일이 조금 줄어들 텐데……."

상현이 곰곰이 생각해 보니 규현의 말이 맞았다.

"빨리 2월이 오면 좋겠네요."

"저도 그랬으면 좋겠네요."

상현의 말에 하은이 동의한다는 듯 고개를 끄덕였다.

＊　　　　　＊　　　　　＊

"문학 왕국과의 제휴 계약은 성공적이라고 볼 수 있습니다. 어제도 신인 작가 2명이 계약서에 사인을 했습니다."

"새로 영입한 작가들의 성적은 어떻습니까?"

실장실에 앉아 상혁의 보고를 듣던 도윤은 그에게 새로 영입한 작가들의 성적이 어떤지 물었다.

상혁은 읽고 있던 보고서의 다음 페이지를 확인했다.

"성적이 그렇게 좋지는 않습니다."

거짓말을 할 수는 없었기 때문에 그는 보고서에 적힌 내용을 그대로 보고했다.

문학 왕국이라는 작가 등용문과 제휴 계약을 한 덕분에 작가들을 안정적으로 확보할 수 있었지만 그들의 실력은 보장되지 않았다.

"그렇군요. 성적이 다소 좋지 않더라도 최대한 많은 작가를 확보하도록 하세요. 요즘 시대는 작가가 곧 돈입니다. 작가 확보는 어렵지 않겠지요?"

"네. 경쟁자도 없으니 작가는 쉽게 확보할 수 있을 것으로 생각됩니다."

도윤의 질문에 상혁은 긍정적인 대답을 했다. 경쟁자라고 해도 현재 문학 왕국에서 인정한 판타지 제국밖에 없기 때문에 작가 확보 하나만큼은 확실하게 할 수 있었다.

물론 아직 매니지먼트로서의 명성은 판타지 제국에 밀리는 편이었지만 비밀리에 입수한 판타지 제국의 계약서를 확인해 본 결과, 북페이지 자체 매니지먼트의 계약 조건이 훨씬 좋았기 때문에 상혁이 거는 기대가 컸다.

"실장님!"

다급하게 문이 열리고 작은 키의 편집팀장 설하연이 빠른 걸음으로 들어왔다.

"무슨 일이죠? 노크도 없이……."

노크도 없이 불쑥 난입한 하연을 도윤은 두 눈을 가늘게 뜨고 보았다.

급한 소식을 전하기 위해 옥상에서 뛰어온 지라 거칠어진 호흡을 고른 뒤에서야 그녀는 입을 열었다.

"크, 큰일 났어요!"

"큰일이라니… 무슨 말씀이십니까?"

상혁이 물었다.

지금 문학 왕국과의 제휴 계약으로 북페이지는 순항 중이었다. 특히 도윤은 가람에 한 방 먹였다고 아주 좋아하고 있었다.

"가람에서 공모전을 열었어요!"

하연이 소리치듯 말했다.

그녀의 말에 상현은 물론이고 도윤도 놀란 기색이 역력했다.

"얼마나 되었습니까? 상금 규모는 어느 정도죠?"

가장 먼저 도윤이 정신을 차리고 정보 수집을 위해 질문하자 하연이 침착하게 입을 열었다.

"공모전이 시작된 지는 얼마 되지 않은 것 같아요. 그리고 총 상금 1억 원 규모입니다."

"총 상금 1억 원이면 장르 문학 공모전치고는 규모가 꽤 크네요."

"하하하. 설마 가람이 이런 식으로 우리를 공격할 줄은 몰랐습니다."

도윤은 한 방 먹었다는 표정이었다. 그는 고개를 저으며 혼 잣말에 가깝게 중얼거리듯 말하며 눈살을 찌푸렸다.

총 상금 1억 원이라는 큰 규모의 공모전이 열린 이상 문학 왕국과 북페이지는 영향을 받을 수밖에 없었다.

상금이 많다 보니 작가들이 문학 왕국 연재를 뒤로 미루고 공모전에 집중할 확률이 높았다. 실제로 가람에서 공모전을 개최하고 문학 왕국에서 연중하거나 연재 주기를 변경한 작 품들이 늘었다.

"이거… 특단의 조치를 취해야 할 것 같네요."

"특단의 조치라면… 무엇을 말씀하시는 건지……?"

조심스럽게 질문하는 상혁을 보며 도윤은 입꼬리를 끌어 올렸다.

"일단 저는 사장님께 이 사실을 보고드리고 대책을 논의해 야겠습니다. 두 분 다 이제 나가봐도 좋습니다."

도윤의 눈동자가 위험하게 빛났다.

*　　　　　*　　　　　*

1월이 지나가고 2월이 되면서 가람은 더욱 바빠졌지만 모든 일이 아주 잘 풀리고 있었다. 그래서 그런지 사무실 분위기는 매우 밝았다.

대표적으로 잘된 일을 꼽자면 귀환 영웅 1, 2권과 리턴 테라포밍 1, 2권이 미국에서 종이책으로 출간됨과 동시에 아마존 베스트셀러 순위에 진입한 것이다.

아마존 베스트셀러 순위는 귀환 영웅이 26위였고 리턴 테라포밍이 20위였다.

귀환 영웅의 해외 흥행 스탯이 C급으로 낮은 것에 비해 리턴 테라포밍의 해외 흥행 스탯은 B급이었기 때문에 당연한 결과였지만 다소 질투가 나는 것은 어쩔 수 없었다.

또한 국내에서는 상현의 로맨스 소설인 여제의 검이 출간되었다.

그리고 달라진 점이 하나 있었는데 바로 가람이 금진 빌딩 4층의 더 넓은 공간으로 사무실을 옮겼다는 것이었다.

"좋은 아침입니다."

사무실 문을 열고 들어가며 규현이 밝은 목소리로 모두에게 아침 인사를 건넸다.

새로운 사무실에서의 첫 출근이었지만 같은 건물이다 보니 조금 넓어졌을 뿐 구조는 비슷해서 낯선 느낌은 없었고 오히려 익숙한 느낌이 들었다.

"안녕하세요."

"대표님, 출근하셨네요."

다만 반갑게 답인사를 건네는 직원들 중에 처음 보는 얼굴이 있다는 게 평소와는 다른, 가장 큰 차이점이었다.

"한지윤 씨, 그리고 최성진 씨, 반갑습니다. 앞으로 잘 부탁드려요."

"네."

"최선을 다하겠습니다!"

한지윤은 고객 관리 업무를, 최성진은 웹사이트 관리를 맡은 신입 사원이었다.

두 사람 모두 오늘이 첫 출근이라서 그런지 칠흑팔검과 규현이 출근하는 이른 시간부터 사무실에 출근한 듯했다.

"상당히 일찍 출근하셨네요."

규현이 책상에 앉으며 말했다.

"예. 오늘은 무슨 일이 있어도 늦으면 안 될 것 같았습니다. 그래서 조금 무리해서 일찍 출근했습니다."

"훌륭해요. 계속 힘내주세요."

성진의 대답에 규현은 만족스러운 표정으로 고개를 끄덕이며 대답했다. 신입 사원의 마음가짐이 마음에 든 것이다.

"칠흑팔검 작가님."

규현은 칠흑팔검을 불렀다. 열심히 원고 작업을 하고 있던 칠흑팔검이 노트북 키보드를 두드리는 손을 멈추고 규현을 향해 시선을 옮겼다.

"네, 대표님."

"공모전 작품 외에 원고 투고로 들어온 작품 있습니까?"

"예상하셨겠지만 전무합니다. 모두 공모전 형식으로 투고하고 있는 것 같습니다."

"혹시나 싶어서 물어봤습니다."

공모전이 진행 중이었으니 아무래도 투고할 생각이 있는 작가라면 평범한 일반 투고보다는 공모전에 투고할 테니 일반 원고 투고는 사실상 0이 될 수밖에 없었다.

"공모전에 투고된 작품은 어느 정도입니까?"

"현재 270작품 정도입니다."

칠흑팔검이 노트북 화면을 확인한 뒤 대답했다.

첫날에 가장 많은 작품이 투고되었고 그 이후로는 점차 줄어들긴 했지만 꾸준하게 작품이 투고되고 있었다.

"최근 저희 공모전에 집중하는 작가들이 늘어나면서 문학왕국이 일시 정체 현상을 겪고 있다고 합니다."

칠흑팔검이 보고했다.

한국에서 활동하는 작가들의 수는 한정되어 있으니 어느 한쪽에 작품이 몰리면 다른 한쪽은 다소 정체될 수밖에 없었다.

"순항하는 것 같으니 다행이네요."

규현의 말이 끝나기 무섭게 사무실 문이 열리고 하은이 들어왔다. 그녀는 곧장 규현이 앉아 있는 곳을 향해 발걸음을 옮겼다.

"대표님."

"무슨 일 있어요?"

하은의 표정은 제법 심각해 보였기 때문에 규현은 조금 긴장한 표정으로 물었다.

그녀는 빨리 걸어오느라 살짝 흐트러진 앞머리를 정리하고는 입을 열었다.

"북페이지와 문학 왕국도 공모전을 연다고 합니다."

"규모는요?"

"저희와 같습니다. 총 상금 1억원 규모지만 대상 상금이 5,000만 원입니다. 저희와는 다르게 장려상 규모를 축소한 것 같습니다."

"이건 좀 영향을 받을 수도 있겠군요."

북페이지와 문학 왕국의 공모전이 같은 시기에 열리는 것만으로도 가람 공모전이 영향을 받을 것이다. 그런데 총 상금 규모는 같지만 대상 상금이 더 많다면 아무래도 작가들을 유혹하기 좋기 때문에 가람 공모전도 영향을 많이 받을 것이다.

"일단 확인해 보겠습니다."

"북페이지는 물론이고 문학 왕국에서도 공지를 볼 수 있습니다."

규현은 하은의 설명에 고개를 끄덕이며 가장 익숙한 문학 왕국 홈페이지에 접속했다.

홈페이지에 들어가면 가장 먼저 눈에 들어오는 메인 대형 배너에 공모전 관련 내용이 걸려 있었다.

"대형 배너에 걸어놓았네요."

규현은 작은 목소리로 혼잣말하듯 중얼거리며 배너를 클릭했다. 공지 내용은 하은이 말한 것과 별반 다르지 않았다.

"이렇게 된 이상 최대한 마케팅에 투자하는 수밖에 없겠네요."

"이미 북페이지와 문학 왕국도 마케팅을 시작했습니다. 인터넷만 켜면 공모전 광고를 어렵지 않게 찾아볼 수 있을 정도입니다. 따라잡으려면 투자 비용이 꽤 많이 들 것 같은데… 현재 저희 자금으로는 아슬아슬하네요."

북페이지와 문학 왕국은 현재 홍보 비용으로 많은 자금을 투자하고 있었다.

가람에서도 인터넷 마케팅을 시도하곤 있었지만 규모를 비교하면 북페이지와 문학 왕국 공모전에 비해 부족한 편이었다.

"그래도 나이버 메인 대형 배너에 넣진 않았을 거 아니에요."

"물론이죠. 나이버 메인 대형 배너가 얼마나 비싼데……."

나이버에는 여러 가지 종류의 배너가 있었는데 그중 메인 대형 배너가 가장 비쌌다. 과거 규현이 동영상 광고를 올린 곳은 일반 메인 배너였다.

"나이버 메인 대형 배너에 올리고 동영상 광고 재활용해서 메인 배너에 다시 올려달라고 하세요. 마지막에 간단하게 공모전하고 있다고 언급만 하면 될 것 같네요."

"대표님, 저희가 보유 중인 자금으로는 무리입니다. 나이버 메인 대형 배너는 이용료가 엄청납니다."

규현의 말에 하은이 깜짝 놀라 반응했다.

그녀의 반응에 규현은 입가에 여유로운 미소를 머금은 채 그녀를 보며 천천히 입을 열었다.

"이용료는 모두 제가 부담합니다. 지금 당장 나이버에 전화하세요."

"대표님, 비용이 엄청날 겁니다. 투자하신다고 해도 투자금을 회수하지 못할 수도 있습니다."

규현의 말에 하은은 다른 의미에서 놀랐다.

"그렇습니다, 대표님. 너무 과한 것 같습니다. 이렇게 되면 출혈 경쟁입니다."

칠흑팔검도 조심스럽게 반대 의견을 제시했으나 규현은 고개를 저었다.

"먼저 출혈 경쟁을 시작한 쪽은 북페이지와 문학 왕국입니다. 저를 만만하게 보고 먼저 시작했으니… 저도 이대로 가만히 있을 수만은 없죠. 확실하게 보여줄 생각입니다. 그러니까 하은 씨."

"네, 대표님."

규현의 부름에 하은은 그를 보았다. 규현의 입에서 무슨 말이 나올지 몰랐기 때문에 그녀는 다소 긴장한 듯했다.

"지금 당장 나이버에 전화하세요."

"아, 알겠습니다."

하은은 그녀답지 않게 말을 살짝 더듬으며 회의실로 들어가 나이버에 전화를 걸었다. 그녀가 회의실에 들어가고 5분 정도 후에 다시 문이 열렸다.

그녀는 스마트폰을 손으로 덮은 채 입을 열었다.

"대표님, 마침 조금 있으면 이용 일정이 빈다고 하네요. 이용 기간은 어떻게 할까요?"

"언제까지 비어 있다고 하나요?"

"잠시만요."

규현의 질문에 하은은 입가를 살짝 가리고 스마트폰을 통해 나이버에 문의했다. 이윽고 대답을 들은 그녀는 스마트폰을 잠시 떼고 조심스럽게 입을 열었다.

"4월 초까지 비어 있다고 합니다."

규현의 두 눈이 반짝였다.

가람 공모전은 물론이고 북페이지 & 문학 왕국 공모전도 4월

초에 끝난다.

"4월 초까지 전부 우리가 장악합니다. 그렇게 전하세요."

"하지만 대표님… 그럼 비용이……."

"비용은 어차피 제가 부담하니까 걱정하지 말고 그렇게 말하세요."

"네. 알겠습니다."

단호한 규현의 태도에 하은은 고개를 끄덕이며 다시 회의실로 돌아갔다. 그리고 나이버에 규현의 의사를 전달했다.

"전달했습니다. 오셔서 계약서 작성하고 입금하는 대로 반영된다고 합니다."

"수고하셨습니다."

"일단 일정은 그렇게 잡았는데… 노출 시간은 만나서 이야기하자고 하네요."

"그럼 지금 당장 나이버로 가야겠군요."

북페이지나 문학 왕국이 먼저 선수 칠 수도 있기 때문에 빠르면 빠를수록 좋다고 생각한 규현은 즉시 코트를 입고 만약을 위해 노트북을 챙겼다.

"다녀오겠습니다."

그는 곧장 나이버 본사로 향했다.

본사로 향하면서 나이버에 미리 연락해 둔 덕분인지 로버에서 직원 한 명이 기다리고 있었다.

로비에서 서성이던 그는 규현의 얼굴을 알아보고 다가와 고개를 숙였다.

"나이버 마케팅기획2팀 이현준입니다."

그렇게 말하면서 명함을 내밀기에 규현은 그것을 받아 확인했다. 그의 직급은 대리였다.

명함을 받았으면 주는 게 예의라고 생각했기 때문에 규현도 명함을 건넸다. 규현이 건네준 명함을 받은 그는 두 눈을 반짝이며 입을 열었다.

"대표님이 편하십니까? 작가님이 편하십니까?"

"작가로 부탁합니다."

대표라고 불리는 것도 좋지만 작가라고 불리는 것도 좋았다. 현준은 고개를 끄덕였다.

"알겠습니다. 일단 위로 올라가시죠. 위층에 직원 전용 카페가 있습니다."

현준을 따라 규현도 승강기에 탑승했다. 이윽고 승강기가 멈추자 두 사람은 내려서 직원 휴게실로 향했다.

"이곳입니다."

현준은 커피 두 잔을 주문했다. 커피는 금방 나왔다. 두 사람은 그것을 들고 근처에 앉았다.

"언제나 나이버를 이용해 주셔서 감사하며 여기 계약서를 보여 드리겠습니다."

현준이 계약서를 꺼냈다. 규현은 커피를 마시며 계약서를 확인했는데 문제되는 점은 없어 보였다.

"문제없는 것 같네요."

"그러면 이용 시간은 어떻게 하실 건가요? 우선 남아 있는 이용 가능 시간은 이렇습니다."

현준은 일정이 기록된 서류를 테이블 위에 올렸다. 그리고 규현을 향해 살짝 밀었으나 규현은 그것을 다시 현준에게 돌려주었다.

"확인할 필요 없습니다. 전부 예약해 주세요."

북페이지나 문학 왕국이 이용할 수 없도록 전부 예약할 생각이었기 때문에 일정표를 확인할 필요는 없었다.

"자, 작가님 그럼 많은 비용이 청구될 겁니다. 저흰 선금을 먼저 받는 거 알고 계시죠?"

"알고 있습니다. 사무실로 돌아가기 전에 입금하고 갈 겁니다. 그러니 남는 시간 전부 적어 넣으세요."

"아, 알겠습니다."

현준은 규현의 담대함에 놀라면서도 계약서에 시간을 적어 넣었다.

"이제 사인하시면 됩니다."

현준이 내민 계약서 두 부에 규현이 사인을 했다.

"가는 길에 입금하겠습니다."

규현은 사무실로 향하는 길에 은행에 들러서 나이버에 약속한 선금을 입금했다.

북페이지 편집기획실장 정도윤은 회의를 끝내고 실장실로 돌아와 컴퓨터 전원을 켰다.

그는 검색하기 위해 나이버에 들어갔고 검색창에 마우스를 옮기려는 순간, 가장 먼저 눈에 들어오는 메인 대형 배너에 가람북과 가람 공모전 광고가 걸려 있는 것을 확인할 수 있었다.

"이게 대체… 유 팀장!"

당황한 것도 잠시, 그는 사내 메신저로 마케팅 부서의 부장을 호출하려 했다. 하지만 그는 외근 중이었고 도윤은 아쉬운 대로 기획팀장 유상혁을 호출했으나 곧 그 또한 외근 중이라는 사실을 깨달았다.

"설 팀장!"

그는 상혁을 대신해 편집팀장 설하연을 호출했다. 이윽고 실장실의 문이 열리고 작은 체구의 편집팀장 설하연이 걸어 들어왔다.

"부, 부르셨어요?"

도윤의 목소리에서 격해진 감정 기류를 읽어낸 하연은 떨리는 목소리로 말했다.

"지금 당장 마케팅1팀장 불러 오세요."

"네."

하연은 도윤이 자신을 혼내지 않자 속으로 안도하며 실장실을 나와 마케팅 부서로 향했다. 그리고 잠시 뒤 마케팅 부서의 임태석 팀장이 들어왔다.

"마케팅1팀장은 부장님과 함께 외근 중이라서 제가 대신 왔습니다."

마케팅1팀장이 아닌 2팀장의 등장에 도윤이 설명을 요구하는 듯한 눈빛을 보내자 태석은 어색한 미소를 지으며 설명했다.

"일단은 상관없으니까 앉으시죠."

도윤은 태석에게 앉을 것을 권했다.

"네."

그는 일단 그의 정면에 위치한 의자에 앉았다.

다른 부서 직원을 호출하는 경우는 거의 없는 편이었기 때문에 태석은 도윤이 자신을 부른 이유가 무엇인지 궁금한 표정이었다.

"급히 확인할 게 있어서 불렀습니다. 원래는 마케팅 부장을 사내 메신저로 호출하려고 했는데… 외근 중이더군요."

"네."

도윤의 말에 태석은 고개를 끄덕였다.

부서를 관리하는 간부들끼리의 연계는 필요했다. 그런데 마케팅 부장이 외근 중이니 상황이 급하면 부하 직원을 호출하는 일도 충분히 있을 수 있었다.

외근 중인 부장에게 직접 전화를 걸 수도 있지만 도윤은 그 방법을 별로 좋아하지 않았다.

매우 중요한 일로 외근 중이라면 그 흐름을 끊어 놓을 수도 있다고 생각했기 때문이었다.

"오늘 나이버 확인해 보셨나요?"

"아뇨. 어젯밤에는 확인했지만 오늘은 지금 출근한 지 얼마 되지 않았고 몇 가지 정리할 게 있어서 확인하지 못했습니다."

태석은 고개를 저었다. 출근하기 무섭게 처리해야 할 일이 몇 가지 생겨서 인터넷을 켜지 못했다.

"모바일도 좋으니 지금 나이버 확인해 보세요."

나이버 메인 대형 배너는 모바일에도 적용된다. 태석이 스마트폰으로 나이버에 접속한다면 메인 대형 배너에 걸려 있는 가람북 광고를 볼 수 있을 것이다.

"가람 공모전이랑 가람북 광고네요. 설마 메인 대형 배너에까지 올릴 줄이야… 전혀 예상하지 못했습니다."

태석은 코끝으로 내려온 안경을 올리며 다소 놀란 표정으로 말했다. 그가 놀랄 수밖에 없는 게 메인 대형 배너는 나이버에 들어갈 수 있는 배너 중에서 가장 이용료가 비쌌기 때문이었다.

"확인하셨으면 이제 행동하세요."

"무슨 말씀인지 알 것 같습니다. 바로 행동하죠."

태석은 도윤의 말을 바로 이해했다. 그는 서둘러 실장실을 벗어나 마케팅 부서 사무실로 돌아갔다.

"박 대리!"

마케팅 부서 사무실로 돌아온 태석은 마케팅2팀 소속 부하 직원인 박경호 대리를 호출했다.

"넵! 팀장님, 부르셨습니까?"

출근 후 간단한 정리를 끝내고 커피를 마시며 잠깐의 여유를 만끽하고 있던 경호는 태석의 부름에 즉시 종이컵을 내려 놓고 그에게 달려갔다.

"지금 바로 나이버에 전화해서 메인 대형 배너 사용할 수 있는 시간 알아보세요."

"메인 대형 배너 올리려면 부장님 승인이 필요한 거 아닌가 요?"

"그냥 알아보는 겁니다. 지금 올린다는 게 아니에요."

"알겠습니다. 즉시 알아보겠습니다."

태석의 설명에 경호는 스마트폰을 꺼내 조용한 곳으로 향했다. 잠시 후 나이버와의 전화 통화를 끝낸 그가 마케팅 부서 사무실로 돌아왔다.

"알아봤습니까?"

"넵."

태석의 물음에 경호가 고개를 끄덕였다.

"그래요. 언제 가능하답니까?"

그렇게 말하며 태석은 필기를 위해 수첩과 펜을 꺼냈다.

"4월 초 이후로 된다고 합니다."

"그… 제 기억이 이상하지 않다면, 얼마 전에 알아봤을 땐 자리가 있다고 하지 않았습니까?"

태석이 말했다. 얼마 전에 마케팅2팀에서 광고 문의를 한 적이 있었다. 그때만 해도 자리가 있다고 했었다.

"그렇지 않아도 그것 때문에 물어봤는데 가람에서 전부 예약했다고 합니다."

"네?"

태석은 순간 자신의 귀를 의심했다. 분명 얼마 전에 문의했을 때만 해도 꽤 다양한 시간대를 이용할 수 있을 정도로 자리가 많이 비어 있었던 것으로 기억했다.

시간이 조금 지났으니 다른 업체에서 예약했을 수도 있겠지만 경호의 말을 들어보니 가람에서 거의 대부분을 예약한 것 같았다.

"도대체 가람은 자금이 얼마나 많은 거지?"

태석은 놀란 얼굴로 혼잣말을 중얼거렸다.

경호의 말이 사실이라면 가람의 자금력은 차마 추측할 수 없을 정도라고 볼 수 있었다.

"왜 그러세요? 팀장님?"

"우리가 건드려서는 안 될 곳을 건드린 것 같습니다."

가람의 자금력이 예상보다 튼튼한 것 같았다.

만약 이대로 본격적인 출혈 경쟁이 시작된다면 북페이지가 패배할 수도 있다는 생각이 들었다.

태석은 스마트폰 화면에 비치는 가람의 로고를 보며 마른침을 삼켰다.

*   *   *

규현은 2월 명절을 맞이해서 본가로 내려갔다.

과거에는 명절에 본가로 내려가는 게 고통스러웠지만 이제는 아니었다.

친척들 중 그 누구도 규현을 무시하지 못했다. 이제는 모두가 규현을 치켜세워 주기 바빴다.

규현이 돈을 잘 벌기 때문에 그의 눈에 잘 보이려는 모습이 바로 보였지만 기분은 나쁘지 않았기 때문에 규현은 별말 없이 그들과 잘 지냈다.

설날 당일이 지나고 연휴가 되자 본가를 찾았던 친척들이 하나둘씩 돌아갔지만 규현은 하루 정도 더 있을 생각이었기 때문에 바로 서울로 돌아가지 않았다.

"많이 바쁜가 보구나."

거실의 탁자 위에 노트북을 올려놓고 키보드를 바쁘게 두드리는 규현을 보며 아버지가 말했다.

설이 끝나고 연휴가 남아 있을 때 바로 서울로 올라가진 않았지만 일이 많았기 때문에 노트북의 곁을 쉽게 떠날 수 없었고 그의 부모님도 어느 정도 이해하는 분위기였다.

"네. 아무래도 최근에 일이 많이 밀려서요."

"그럼 이야기할 시간도 없겠네?"

"아뇨. 잠깐 정도는 괜찮아요. 하실 말씀이라도 있으신가요?"

규현은 잠시 원고 작업을 멈추고 노트북을 덮었다.

"규현아, 네 나이도 이제 30살이 되었지?"

"아직 만으로는 29세예요, 아버지."

아버지의 말에 규현은 희미한 미소를 머금은 채 아직 만으로는 30세가 되지 않았다는 사실을 강조했다.

"이제 슬슬 결혼에 대해 진지하게 생각할 나이가 아닌가 싶다."

규현은 턱을 긁적였다.

친척들이 모인 자리에서 왜 그런 말이 없었나 싶었는데 아마도 규현의 입장을 고려해서 아무도 없을 때 이야기를 꺼낸 것 같았다.

1990년 1월생인 규현은 2019년 현재 만 29세였고 실제 나이는 30살이었다.

아버지의 말대로 슬슬 결혼에 대해 진지하게 생각할 나이이기도 했다.

규현의 부모가 신중한 성격이 아니었다면 벌써 그의 의사와는 상관없는 맞선을 잡고 여자와의 만남을 강제했을 수도 있었다.

"요즘은 다들 결혼을 늦게 하지 않아요? 벌써부터 생각하지 않아도 될 것 같은데⋯⋯."

규현은 말끝을 흐리며 눈동자를 움직여 어머니를 찾았으나 어디에서도 기척이 느껴지지 않았다. 확실하진 않지만 시장에 간 것 같았다.

"이런⋯⋯."

어머니의 지원을 기대할 수 없게 된 규현은 아버지를 향해 시선을 옮겼다.

아버지는 진지한 표정으로 규현을 보고 있었는데 그의 표정으로 보아 장난스럽게 농담이나 주고 받을 상황은 아닌 것 같았다.

"남들 다 한다고 따라갈 생각이냐?"

"물론 그건 아니지만 조금 갑작스럽기도 해서 당황스럽네요."

하지만 솔직히 말하면 그렇게 당황스럽진 않았다. 20대를 넘겨 30대가 된 나이인 만큼 결혼 이야기가 올해 안에는 반드시 나올 것이라고 예상하고 있었다.

"예상하고 있었을 텐데… 아니니?"

아버지는 규현을 잘 알고 있었다. 그의 날카로운 지적에 규현은 어색한 미소를 지을 뿐이었다.

"아비는 네가 돈을 많이 버는 것도 좋지만 가정을 이뤄서 진정한 행복을 찾는 모습을 보고 싶다. 혹시 만나고 있는 사람은 있니?"

"아뇨. 일단은 만나고 있는 사람은 없어요."

아버지의 물음에 규현은 잠깐 고민한 후 차분한 목소리로 대답했다.

사귄다고 할 정도로 깊은 관계를 맺고 있는 여자는 아직 없다고 생각했다. 그나마 지은과 관계가 발전할 수도 있을 것 같다고 생각했지만 인간관계에선 신중한 모습을 보이는 규현의 성격상 확실하지 않으면 먼저 움직이지 않았다.

"그러냐?"

만나는 사람이 없다는 규현의 대답에 아버지는 다소 실망한 표정이었다. 나이가 30살이나 되었으니 결혼 생각은 없더라도 만나고 있는 사람 정도는 있을 것이라 예상한 것이다.

"죄송해요. 요즘 좀 많이 바빴거든요."

규현이 도망치듯 변명했다. 거짓말은 아니었다.

매니지먼트 가람이 만들어지면서 단순 원고 작업 외에도 해야 할 일이 많이 늘어났고 그는 쉬지 않고 달려왔다.

여자 친구를 만들 여유가 없었던 것이다.

"그럼 좋아하는 사람은? 좋아하는 사람도 없어?"

아버지는 마지막 희망을 가지고 규현에게 질문했다.

"좋아하는 사람은 없는데… 같이 있으면 마음이 편해지는 사람은 있어요. 지금 이 감정을 자세히 정의할 순 없지만 다른 사람들과는 다른 특별한 감정인 것 같아요."

규현은 잠시 망설였지만 솔직하게 말했다.

지은과 함께 있으면 혼란스럽던 마음도 진정되고 편안해졌다. 그리고 알 수 없는 긴장감을 느끼기도 했다. 그는 연애 경험이 많지 않았기 때문에 확실할 수는 없었지만 어쩌면 사랑일지도 모른다는 생각을 하기도 했다.

"다른 사람과 다른 것 같다면… 그래, 어떤 느낌이니?"

"글쎄요. 아버지도 아시겠지만 제가 연애 경험이 거의 없잖아요. 그래서 잘 모르겠어요."

규현은 연애 경험이 많은 편이 아니었다. 아니, 오히려 적은 편이었다.

그나마 해본 연애도 깊게 사귄 사이가 아니었기 때문에 사랑이라는 감정에 대한 확신이 없었다.

"지금은 잘 모르겠다는 말이구나."

아버지의 물음에 규현은 고개를 끄덕이며 입을 열었다.

"네. 지금은 확실히 모르겠네요. 조금 더 시간이 지나봐야 알 것 같아요."

인간관계에 있어서, 특히 남녀 사이에 있어서 규현은 매우 신중했다. 확신이 없으면 결코 먼저 움직이지 않았다. 남자가 먼저 움직이는 현대 사회의 특성상 규현의 성격 때문에 연애 경험이 적을 수밖에 없는 것일 수도 있었다.

"그렇다면 시간이 지나서 그 감정이 확신에 가까워진다면……."

아버지는 말을 잠시 멈췄고 규현은 그에게 집중했다.

아버지가 잠시 멈췄던 말을 이어가기 위해 입을 열었다.

"그 사람을 소개해 줄 수 있겠니?"

"물론이죠. 아버지 마음에 들 겁니다. 장담합니다."

규현은 입가에 미소를 그렸다.

54장

공모전의 주인공

설 연휴가 끝나고 규현은 결혼 문제 때문에 심란한 표정으로 승강기에 올랐다.

생각을 정리하는 사이 어느새 엘리베이터는 4층에 도착했고 그는 사무실 문 앞에서 표정을 가다듬었다.

그러고는 문을 열고 안으로 들어가며 밝게 웃으며 입을 열었다.

"다들 새해 복 많이 받고 오셨습니까?"

출근 시간을 이미 넘겼기 때문에 사무실에는 대부분의 직원이 자리를 지키고 있었다.

"대표님도 새해 복 많이 받으셨습니까?"

"얼굴이 좋아지셨습니다."

규현은 직원들의 인사에 미소로 화답하며 사무실 깊숙한 곳에 위치한 대표실로 들어갔다.

코트를 벗고 책상을 대충 정리한 그는 몇 가지를 확인하기 위해 대표실을 나왔다.

"상현아, 공모전 투고작들 장르별로 잘 정리해 두고 있지?"

"네, 지금 다 정리하고 있어요."

투고되는 작품이 많았기 때문에 미리 장르별로 분류하지 않으면 나중에 일이 많아질 수도 있었다.

"지금 투고된 작품 수가 어떻게 되지?"

규현의 물음에 상현은 노트북 화면을 확인하고는 입을 열었다.

"이제 300작품을 조금 넘는 것 같습니다."

300작품이면 정말 많았다.

투고 조건은 1권 분량이었기 때문에 최소 300권이 투고되었다는 말과 같았지만 규현은 여유로운 표정이었다.

그에게는 스탯이 보이는 눈이 있었고 그것을 잘 활용한다면 짧은 시간 동안 많은 원고의 스탯을 확인할 수 있었다.

규현이 우선적으로 스탯을 확인하고 비슷한 스탯끼리 묶어서 상현과 칠흑팔검, 그리고 특별 심사 위원을 맡은 김병규 작가에게 원고를 전달하면 그들이 원고를 좀 더 세밀하게 심사할 것이다.

공모전에 투고된 작품이 모두 스탯이 높은 작품은 아닐 테니 규현이 한 번 검토하는 것만으로도 최소한 60% 이상의 작품이 걸러질 수 있었다.

"대표님, 교토 북스에서 전화가 왔었습니다. 대표님께 전화를 드렸는데, 전원이 꺼져 있었다면서 오늘 아침에 사무실로 전화가 왔었습니다."

하은이 보고했다.

규현은 스마트폰을 확인해 보았는데 하은의 말대로 전원이 꺼져 있었다.

사무실로 온 전화는 오늘 출근이 조금 늦은 탓에 받지 못한 것 같았다.

"교토 북스라면 강진호 대리입니까?"

"네, 기획팀의 강진호 대리입니다."

규현의 물음에 하은이 대답했다.

원래 교토 북스에서는 규현과 소통할 때 전화 통화보다 메일을 자주 이용했다.

기획팀장 야마모토 켄이치가 메일을 작성하면 사내 번역가의 도움을 받아 일본어를 한국어로 바꾼 뒤 메일을 보내곤 했다.

하지만 좀 더 원활한 소통을 위해 한국인 직원을 2명 정도 채용한 뒤로는 연락 담당도 강진호 대리로 바뀌고 가끔씩 전화로 통화하기도 했다.

"그쪽에서 뭐라고 하던가요? 정산 내역은 얼마 전에 메일로 받았는데……."

규현은 혼잣말을 중얼거리다시피 물었다.

교토 북스에선 정산 내역 등의 정기 전달 사항은 메일을 통해 주로 전달했다.

일부러 전화를 걸었다는 것은 어떤 변동이 있다는 것을 의미했다.

"특별한 말은 없었습니다만 가능하면 빨리 전화를 해주었으면 좋겠다고 합니다. 그리고 출판사 메일로 뉴욕 북스에서 메일이 한 통 왔습니다. 나중에 확인하시면 될 것 같습니다."

"알려줘서 고마워요."

규현은 대표실로 돌아가 스마트폰 전원을 켜려고 했으나 배터리가 없어서 켜지지 않았다.

할 수 없이 그는 스마트폰을 충전기에 꽂아두고 뉴욕 북스에서 보낸 메일을 먼저 확인하기로 했다.

[안녕하세요, 정규현 작가님. 뉴욕 북스입니다. 리턴 테라포밍의 반응이 상당히 괜찮아서 매니지먼트 가람의 대표이신 정

규현 작가님과 리턴 테라포밍의 저자이신 김병규 작가님이 반대하지 않으시다면 해외 출간을 진행해 볼까 합니다. 이미 해외 여러 출판사에서 요청이 들어와 있습니다. 답장을 보내주신다면 바로 진행할 수 있습니다.]

메일을 확인한 규현은 턱을 긁적이며 생각에 잠겼다.

뉴욕 북스의 속셈이 눈에 빤히 보였다.

해외의 출판사들과 연결시켜 주고 수수료를 챙겨 먹겠다는 속셈이었다.

물론 뉴욕 북스의 도움 없이도 충분히 해외 출간을 진행할 수 있다.

그럴 경우 추가 수수료가 빠져나가진 않겠지만 그만큼 엄청 바빠질 것이다.

현재 가람의 규모로는 중국 사무실까지 동원해도 힘들었다.

[그럼 잘 부탁드리겠습니다. 다만 해외 출간은 귀환 영웅과 적월의 꽃도 함께해 주셨으면 합니다.]

잠시 동안 고민한 끝에 규현은 결단을 내리고 귀환 영웅과 적월의 꽃도 같이 출간해 달라는 짧은 내용의 답장을 보냈다.

규현은 뉴욕 북스에 답장을 보내고 스마트폰이 충전되는 동안 귀환 영웅 원고 작업에 집중했다.

완결이 얼마 남지 않아서 그런지 더욱 많은 집중을 요하고 있었다.

"충전 끝났네."

한참 동안 집중한 덕분에 완결에 한 걸음 다가갈 수 있었다.

규현은 스마트폰 충전이 거의 끝난 것을 확인하고 충전기를 뽑았다.

그리고 교토 북스 기획팀의 강진호 대리의 전화번호를 검색해서 전화를 걸었다.

―네, 강진호입니다.

진호는 규현의 전화번호를 확인했는지 바로 한국어로 말했다.

"정규현입니다. 사무실에 전화하셨다고 하시던데……."

―네. 원래 작가님에게 먼저 전화를 했었는데 전원이 꺼져 있다는 안내가 들리더라고요.

"하하, 네. 스마트폰이 꺼져 있었는데 제가 미처 확인을 못 했습니다. 그런데 무슨 일로 전화 주신 겁니까?"

규현은 여유롭지 않았기 때문에 진호에게 곧바로 전화를 한 용건을 물었다.

─실은 작가님에게 전할 소식이 있어서 전화를 드렸습니다.

　규현이 바로 본론을 꺼내자 그에게 익숙한 진호는 당황하지 않고 침착하게 할 말을 꺼냈다.

　"전할 소식이요?"

　─실은 J 애니메이션에서 귀환 영웅의 애니화 제안을 해왔습니다.

　"리턴 테라포밍이 아니라 귀환 영웅에 애니화 제안이 들어왔다는 겁니까?"

　규현은 이해가 되지 않는다는 목소리로 물었다.

　귀환 영웅은 리턴 테라포밍에 비해 해외 흥행 스탯이 낮았다.

　그래서 애니화 제안이 들어오더라도 당연히 리턴 테라포밍에게 먼저 제안이 올 것이라고 생각했기 때문에 조금 의아했다.

　─리턴 테라포밍보다 귀환 영웅이 판매도 더 잘되고 있고 일본에서의 명성도 작가님이 더 알려져 있는 걸요.

　진호의 말에 규현은 기억을 더듬어 리턴 테라포밍과 귀환 영웅의 일본 판매량을 비교해 보았다.

　그의 기억력은 좋았기 때문에 금방 귀환 영웅의 판매량이 더 높다는 것을 어렵지 않게 기억해 낼 수 있었다.

'국가마다 흥행 정도가 다른 건가.'

미국에 리턴 테라포밍이 귀환 영웅보다 좋은 성적을 거두고 있는 것으로 보아 스탯이 높더라도 국가마다 그 흥행의 정도는 차이가 있는 것 같았다.

실제로 미국과 달리 일본에서는 병규보다 규현의 이름이 더 많이 알려져 있었다. 그래서 추가 보정을 받았을 수도 있었다.

"그렇습니까? 그럼 제가 조만간에 일본에 한번 방문하겠습니다. 미팅 날짜를 잡아보도록 하죠."

소설의 영상화는 신중할 필요가 있었다. 그렇기 때문에 규현은 전화로 이야기하는 것보다는 직접 만나서 이야기하는 게 좋다고 생각했다.

─언제 시간이 되는지 말씀해 주실 수 있으세요?

"제가 일정을 확인해 봐야 합니다. 일단 일정을 확인하고 다시 문자메시지를 드리도록 하겠습니다."

─알겠습니다. 기다리고 있겠습니다.

전화 통화가 끝나고 규현은 일정표를 확인했다.

그리고 여유가 있는 일자를 진호에게 문자메시지로 보냈다.

진호에게 문자메시지로 일정을 보내고 한참을 글을 쓰며 업무를 보다 보니 어느덧 퇴근 시간이 되었다.

지은과의 약속이 있었기 때문에 규현은 노트북의 전원을 끄고 가방에 넣으며 퇴근 준비를 서둘렀다.

책상 정리가 끝나고 그는 코트를 걸치고 대표실을 나왔다.

"대표님, 퇴근하시려고요?"

칠흑팔검이 물었다. 최근 규현은 업무가 밀려 있어서 늦게 퇴근하는 일이 잦았기 때문에 일찍 퇴근하려는 그의 모습이 낯선 듯했다.

"네. 오늘 약속이 있어서 먼저 퇴근하려고 합니다."

규현의 대답에 사무실 직원들은 속으로 환호성을 질렀다.

사장인 규현이 사무실에 있으면 아무래도 퇴근할 때 눈치가 보였는데, 그가 일찍 퇴근한다고 하니 일이 조금 밀려 있더라도 눈치 보지 않고 일찍 퇴근할 수 있기 때문이었다.

하지만 서로 시선을 교환하던 직원들은 묵묵히 자리를 지키고 있는 칠흑팔검을 뒤늦게 발견하고는 고개를 푹 숙였다.

규현이 퇴근한다고 해도 거대한 산처럼 사무실을 지키는 칠흑팔검이 있었다.

가끔이나마 일찍 퇴근하는 규현과 다르게 칠흑팔검은 일단 출근하면 거의 대부분 마지막까지 남아 있다가 퇴근했다.

그래서 사실상 가람은 정시 퇴근이 거의 불가능했다.

해야 할 일이 있더라도 어느 정도 마무리되면 정시는 아니라도 조금이나마 일찍 퇴근할 수 있지만, 일이 밀려 있다면 꼼짝없이 늦게 퇴근하는 수밖에 없었다.

"대표님, 내일 뵙겠습니다."

예리가 밝은 목소리로 말하며 고개를 살짝 숙였다.

현실을 깨닫고 절망하는 직원들과는 다르게 예리를 포함한 작가들은 마음대로 퇴근이 가능하기 때문에 평소처럼 표정이 밝았다.

"아무튼, 먼저 퇴근합니다. 칠흑팔검 작가님도 너무 늦게까지 무리하지 마시고 가끔은 일찍 퇴근하세요."

"노력해 보겠습니다."

규현의 말에 칠흑팔검은 입가에 미소를 머금은 채 대답했다.

그의 대답을 끝으로 규현은 사무실에서 나와 지은과 만나기로 한 카페로 향했다.

안으로 들어서니 카페에는 이미 지은이 기다리고 있었다.

그녀의 앞에 있는 테이블 위에는 규현 몫의 음료까지 준비되어 있었다. 색깔을 보니 커피는 아니고 아이스티인 것 같았다.

규현이 그녀에게 다가갈 동안 지은은 스마트폰으로 소설을 읽느라 그의 접근을 알아차리지 못했다.

"지은아."

"앗."

그녀의 뒤까지 조심스럽게 접근한 규현이 그녀의 이름을 부드럽게 부른 뒤에야 지은은 깜짝 놀라 규현을 향해 몸을 살짝 돌렸다.

"오빠, 오셨어요?"

지은은 밝은 미소를 지으며 규현을 반겼다.

그 모습에 규현은 언제나처럼 마음이 안정되는 듯한 기분이 들었다.

그녀의 미소를 볼 때면 마음이 안정되고 정확히 알 수 없는 묘한 기분이 들었다.

어쩌면 설렌다는 것에 가까울지도 모른다고 생각했지만 단정 지을 순 없었다.

"요즘 잘 지냈어? 회사는 괜찮고?"

"네. 이제는 신입 사원 티도 완전히 벗었고 일에도 많이 익숙해졌어요!"

지은은 선명한 미소를 지으며 자랑하듯 말했다.

그 모습이 마치 칭찬해 달라고 달려들며 꼬리를 흔드는 강아지 같아서 규현의 입가에 자연스럽게 미소가 번졌다.

"오빠, 기분 좋은 일 있어요?"

"아니, 그냥 귀여워서."

규현의 말에 지은의 뺨이 붉게 물들었다.

규현의 말이 자신을 가리킨다는 것을 눈치챘기 때문이었다.

"이, 이상한 말 하지 마세요."

"이상한 말이 아니야. 진짠데?"

무심한 듯 심장을 미친 듯이 뒤흔드는 말을 던지는 규현 때문에 지은은 미칠 것 같았다.

그녀는 고개를 살짝 흔드는 것으로 마음을 가라앉혔다.

"오늘따라 오빠 이상해요."

"그래? 그럴지도 모르겠네."

지은의 말에 규현은 긍정했다. 그런 그를 지은은 걱정스러운 눈동자로 보며 입을 열었다.

"무슨 일 있으세요?"

규현과 오래 알고 지낸 사이는 아니었지만 그렇다고 해서 짧은 시간을 알고 지낸 것도 아니었다.

그리고 그 시간 동안 누구보다 규현을 유심히 관찰했다.

그런 그녀의 눈에 비친 그는 평소와는 달랐다.

"지은아."

"네, 오빠."

"나를 어떻게 생각하니?"

"무, 무슨 말인지 저, 저는 잘 모르겠어요."

갑작스럽고 직접적인 질문에 지은은 당황한 기색을 좀처럼 감추지 못했다.

그녀는 자신의 이런 반응 때문에 마음 속 깊은 곳에 숨겨 둔 감정을 들켰을까 봐 조마조마했지만 다행히 그는 눈치채지 못한 듯했다.

"그건 갑자기 왜 물어보시는 거예요?"

잠깐 당황했지만 이내 침착함을 되찾은 지은은 규현을 보며 물었다.

그녀의 눈동자 깊은 곳에는 좀 전의 질문을 한 이유를 듣고자 하는 열망이 가득했다.

"그냥 본가에 내려갔을 때 아버지한테서 결혼을 언제할 거냐는 말을 들어서 말이야."

방금 전 자신이 한 질문이 상대방에 따라서는 실례가 될 수도 있다는 사실을 뒤늦게 깨달은 규현은 멋쩍은지 검지로 볼을 긁적이며 대답했다.

규현의 대답을 들은 지은의 눈동자가 흔들렸다.

'이거… 오빠는 나를 결혼 상대로 생각하고 있는 거 맞지?'

아직 정식으로 사귀지도 않는 사이인데도 불구하고 폭주하는 기관차처럼 앞서가는 지은이었다.

"그래서 그냥 한번 물어봤어. 별다른 뜻은 없었으니까 오해하지 말고……."

"네."

규현의 말에 지은은 조금 실망했지만 크게 내색하지 않았
다.

하지만 이런 이야기를 꺼냈다는 것은 규현이 자신을 마음
에 두고 흔들리고 있다고 생각했다.

그래서 그녀는 조금 더 적극적으로 나가기로 결심했다.

"오빠."

"왜 그래?"

"내일 시간 내줄 수 있어요?"

지은의 물음에 규현은 자신이 해야 할 일이 얼마나 남아 있
는지 가늠했다. 다행히 업무가 밀리지는 않았다.

다른 날에 조금만 무리한다면 하루 정도는 시간을 낼 수
있을 것 같았다.

"하루 정도는 상관없을 것 같은데 무슨 일 있어?"

"슬슬 봄이 다가오고 있잖아요! 그래서 동물원에 가고 싶은
데 같이 갈 사람이 없어요."

"그래, 봄이 오고 있기는 하지."

아직 봄이 오려면 최소 한 달에서 두 달 정도는 기다려야
하지만 규현은 굳이 덧붙이지 않았다.

"같이 동물원 가자고?"

지은은 대답 대신 고개를 끄덕였다.

"동물원이라면 서울대공원 동물원 말하는 거지?"

"네."

"그렇게 멀지는 않네. 가자."

규현은 지은과 함께 동물원에 가기로 결정했다.

너무 일만 하는 것도 좋지 않으니 적당히 쉬어주는 것도 좋을 것 같다고 생각한 것이다.

"내일 내가 사무실에서 정리할 게 조금 있거든? 그것만 끝내고 만나자. 어디서 만날까?"

"제가 사무실로 갈게요."

"그래줄 수 있겠어? 그래주면 나야 고맙지."

지은의 배려에 규현은 미소를 지었다.

두 사람은 다음 날 아침 금진 빌딩 앞에서 다시 만날 것을 기약하고 일찍 헤어졌다.

오피스텔로 돌아간 규현은 지은과 동물원에 가기 위해 다음 날 분량의 원고를 미리 썼다.

쓰다 보니 마치 신내림을 받은 것처럼 글이 잘 써져서 밤을 새고 말았다.

다음 날, 피곤한 몸을 이끌고 사무실에 출근한 규현은 직원들에게 몇 가지 지시 사항을 남기고 금진 빌딩 1층으로 내려왔다.

1층에선 지은이 규현을 기다리고 있었다.

"다 끝났어요?"

지은의 물음에 규현은 고개를 끄덕이며 입을 열었다.

"응, 차로 가자."

"저 때문에 괜히 서두르신 건 아니죠?"

혹시나 민폐를 끼쳤나 싶어 걱정하는 그녀의 모습에 규현은 미소를 지었다.

그런 그녀의 착한 모습이 싫지 않았다.

"천천히 꼼꼼하게 하고 왔으니까 걱정하지 않아도 돼."

"네."

규현이 잠금장치를 해제하자 지은이 대답과 함께 조수석에 탑승했고 규현도 운전석에 탑승했다.

그리고 두 사람을 태운 차량은 서울대공원으로 향했다.

서울대공원은 말이 서울이지 경기도 과천시에 위치해 있었다.

그래도 차로 이동하는 데다가 같은 수도권이기 때문에 그렇게 멀진 않았다.

평일이라서 주차 공간은 부족하지 않을 거라 생각했지만 최근 봄이 빨리 찾아왔다고 해도 과언이 아닐 정도로 기온이 높았기 때문에 데이트하려는 커플들이 많은지 사람이 많왔다.

사람이 많아 주차 공간이 부족했지만 규현은 아슬아슬하게 차량을 주차할 수 있었다.

"생각보다 사람이 많네."

"그러게요."

규현과 지은은 간단한 대화를 나누며 동물원이 있는 쪽으로 발걸음을 옮겼다.

"오빠! 이 뱀 좀 봐요!"

동물원에 오고 싶었다는 말이 거짓말은 아닌지 지은은 동물원 이곳저곳을 돌아다니며 즐거워했다.

심지어 파충류관에 가서도 너무 즐거워하는 모습을 보였다.

"이 뱀 너무 귀엽죠?"

보통 여자들은 싫어한다는 파충류까지도 좋아하는 지은의 새로운 모습에 규현은 미소를 지었다.

"뭔가 이벤트라도 하나 봐요."

동물원을 거닐다가 많은 사람이 무리지어 있는 것을 발견한 지은이 호기심에 눈동자를 빛냈다.

그녀는 사람들이 모여 있는 곳으로 규현의 소맷자락을 잡고 이끌었다.

"뭔가 촬영이라도 하는 것 같네."

누굴 찍는 것인지 알 수는 없었지만 방송국에서 주로 쓰는 카메라가 보였다.

"가까이 가서 볼까?"

"네."

지은의 대답이 끝나기 무섭게 규현은 그녀의 손을 잡고 사람들의 틈으로 이끌었다.

제법 복잡했지만 촬영하는 곳이 한눈에 보이는 좋은 자리를 차지할 수 있었다.

카메라가 향하는 곳으로 규현의 시선이 향했다. 그리고 익숙한 얼굴을 볼 수 있었다.

이제는 자신의 위치를 확실하게 굳힌 인기 여배우 최민혜가 벤치에 앉아 있었다.

규현의 시선을 느낀 민혜의 시선이 규현에게 향했다.

그리고 그녀는 보고 말았다.

어색하게 웃고 있는 규현과 그의 손을 잡고 있는 지은의 모습을.

"사람들이 너무 많네. 다른 곳으로 가자."

자신이 보고 있으면 촬영 중인 민혜에게 방해가 될 것이라고 생각한 규현은 지은을 데리고 사람들 속에서 벗어났다. 그리고 민혜는 그 모습을 보고 말았다.

하지만 그녀를 배려해서 서둘러 자리를 피하는 규현의 모습이 민혜의 눈에는 연인과의 시간을 방해받지 않기 위해 자리를 피하는 것으로 보였다.

민혜의 시선은 한참 동안이나 규현이 있던 곳을 향했다.

*   *   *

"정규현 작가님! 여기입니다!"

공항 밖으로 나오는 규현을 향해 손을 흔들며 두 사람이 다가왔다. 규현이 고개를 돌려 목소리가 들리는 방향으로 시선을 옮기자 익숙한 얼굴들을 볼 수 있었다.

교토 북스 기획팀장 야마모토 켄이치와 기획팀 대리 강진호였다.

진호가 통역을 할 예정인지 통역사의 모습은 보이지 않았다.

"야마모토 팀장님, 그리고 강 대리님, 오랜만입니다."

"오랜만에 얼굴을 보니 더욱 반가운 것 같습니다, 작가님."

예상대로 진호가 옆에 서서 두 사람의 말을 서로에게 통역했다.

가볍게 악수를 하는 것으로 반가움을 표현한 세 사람은 공항에서 몰려나오는 사람들을 피해 이동을 위한 차량이 주차되어 있는 곳으로 발걸음을 옮겼다.

"바로 미팅 장소로 이동하겠습니다. 괜찮으시죠?"

켄이치가 물었다.

규현이 약속 시간에 맞춰서 일본에 도착했기 때문에 미팅 장소로 바로 이동할 생각인 것 같았다.

"계약 조건은 어떻게 됩니까?"

"일단 저희가 전달받은 계약 조건은 J 애니메이션이 가장 좋았습니다. J 애니메이션이 가장 규모가 크기도 하고요. 동화를 제외하면 외주가 거의 없고 최고의 작화가와 원화가 그리고 진행과 촬영팀으로 구성된 제작팀을 3팀이나 보유하고 있습니다."

그렇게 말하며 켄이치가 계약 조건을 대충 말했고 진호가 통역해서 규현에게 전달했다.

계약 조건을 듣긴했지만 애니화 계약 조건은 익숙하지 않아서 그런지 전체적으로 조건이 괜찮다는 느낌이 와닿지 않았다.

"글쎄요. 듣긴 했지만 저는 잘 모르겠네요."

"계약 조건은 말 그대로 괜찮습니다. 다른 곳이 워낙 형편없어서… 그리고 중요한 건 어떻게 애니메이션을 만드냐입니다. 괜히 잘못 만들면 역효과가 날 수도 있지요."

"그건 무슨 말씀인지 알 것 같군요."

켄이치의 말에 규현은 고개를 끄덕였다.

애니메이션이 아니더라도 영화나 드라마를 잘못 만들면 오히려 원작이 타격을 입는 경우를 가끔 본 적이 있었기 때문에 신중할 필요가 있다는 것은 잘 알고 있었다.

"작가님께서는 애니메이션 제작 환경에 대해 잘 모르시니 미팅 현장에서 강 대리가 추가 설명을 덧붙여 줄 겁니다. 그때 듣고 판단하시면 됩니다."

"배려에 감사합니다."

"하하하."

규현의 감사 인사에 야마모토 켄이치는 그저 웃음을 흘렸다.

"그런데 미팅 장소는 어딥니까?"

"J 애니메이션 본사입니다."

그의 대답을 듣고 얼마 지나지 않아서 J 애니메이션 본사에 도착했고 세 사람은 차에서 내렸다.

건물 앞에 직원으로 보이는 남자가 규현과 켄이치 등을 기다리고 있었다.

건물은 4층이었고 남자 직원은 3층의 회의실로 안내했다.

회의실에는 이미 2명의 남자가 앉아 있었다.

두 사람은 규현과 켄이치 등의 등장에 의자에서 일어나 고개를 살짝 숙였다.

"반갑습니다. 감독 야마다 히로시입니다."

"기획 부장 키노시타 미나토입니다."

안경을 쓰고 스스로를 감독이라고 소개한 남자의 이름은 야마다 히로시였고 이어서 자신을 키노시타 미나토라고 소개한 남자의 직함은 기획 부장이었다.

"저는 이만 나가보겠습니다."

안내를 맡았던 직원이 나가고 회의실에 남겨진 다섯 명의 사람은 서로 악수를 주고받은 뒤, 자리에 앉았다.

모두가 자리에 앉자 본격적인 사업 이야기가 진행되었다.

"애니메이션으로 제작된다면 총 몇 화로 진행되는 겁니까?"

교토 북스의 야마모토 켄이치가 묻자 J 애니메이션의 기획 부장 키노시타 미나토는 수첩을 확인했다.

"12화로 구성될 예정입니다. 1쿨 애니메이션인 셈이죠. 반응 보고 괜찮으면 2기를 제작할 생각입니다."

규현은 고개를 살짝 저었다.

반응을 보고 괜찮으면 2기를 제작한다는 말은 사실상 들을 필요가 없는 말이었다.

그는 진호를 보며 입을 열었다.

"회당 제작비 얼마나 들어가는지 물어봐 주세요."

일본에 오기 전에 규현도 가만히 있었던 것은 아니었다. 인터넷을 이용해 나름대로 사전 조사를 한 것이다.

"알겠습니다."

진호는 고개를 끄덕이며 대답한 후 미나토를 향해 질문했다. 미나토는 다시 한번 수첩을 확인한 후 입을 열었다.

"아직 확정된 것은 아닙니다만 알기 쉽게 한화로 설명드리자면 회당 1억 원 정도가 투입될 예정입니다."

진호는 미나토의 말을 규현에게 전달했지만 그는 회당 1억원이면 어느 정도인지 알 수 없었다. 사전 조사는 했지만 생각보다 인터넷에 애니메이션에 대한 정보가 많이 없었기 때문이었다.

다만 옆에 앉은 켄이치의 표정이 좋지 않은 것을 보고 좋은 조건이 아니라는 것을 짐작할 수 있었다.

"조건이 많이 좋지 않은 겁니까?"

"요즘 업계 상황을 볼 때 1회에 1억 원이고 12화 제작이면 저예산에 들어간다고 볼 수 있습니다."

확실하게 하기 위해 진호에게 물어보니 역시나였다.

"야마모토 팀장님."

"네, 작가님. 말씀하시죠."

"제 작품을 저예산으로 영상화할 순 없습니다. 최고의 퀄리티가 아니면 받아줄 수 없습니다."

"저도 작가님의 뜻을 존중합니다."

켄이치는 고개를 끄덕였다.

"들으셨겠지요? 저희 작가님은 최고의 퀄리티를 바라고 계십니다."

켄이치의 말에 미나토와 히로시는 난감한 표정이었다.

"그건 곤란합니다."

미나토는 곤란하다고 말할 뿐 자세한 상황을 설명하지 않았다. 진호를 통해서 그의 말을 전달받은 규현은 자리에서 일어났다.

"그렇다면 그만 일어나는 게 좋을 것 같습니다."

"예. 그게 좋을 것 같네요."

기획팀장 야마모토 켄이치도 규현을 따라 자리에서 일어났다. 진호도 마찬가지였다.

세 사람은 회의실을 나왔고 미나토와 히로시는 그들을 굳이 붙잡지 않았다.

"작가님, 바로 공항으로 가시겠습니까?"

차에 탑승하기 무섭게 켄이치가 물었다. 규현은 고개를 끄덕이며 입을 열었다.

"네, 일이 많아서 빨리 가봐야겠네요."

"알겠습니다."

세 사람을 태운 차량은 공항으로 향했다.

"히히."

지은은 푹신한 소파에 반쯤 누워서 스마트폰 갤러리를 보며 수줍은 듯 웃었다. 스마트폰 화면에는 얼마 전 동물원에 갔을 때 규현과 둘이서 찍은 사진이 있었다.

다른 사람들은 지은과 규현의 관계가 제자리걸음으로 보이겠지만 지은은 조금씩 거리를 좁혀가고 있다고 생각했다.

한참 동안 규현과 찍은 사진을 뚫어져라 보던 그녀는 회사에서 미처 끝내지 못한 업무가 있다는 것을 확인하고 노트북을 켰다.

30분 정도 후에 일을 끝내고 휴식을 위해 소파에 몸을 던진 순간, 스마트폰이 문자가 도착한 사실을 알렸다.

'문자메시지? 오빠인가? 히히.'

지은은 문자메시지나 전화가 오면 확인하기 전이 가장 두근거렸다.

혹시나 규현일지도 모른다는 생각 때문이었다.

그녀는 서둘러 스마트폰을 들어 올려 문자메시지를 확인했다.

[이지은 씨? 올해 사교클럽 주최를 맡은 이기태입니다. 요즘 우리 클럽 모임에 너무 자주 안 나오시는 거 같은데… 오랜만에 얼굴 좀 비춰주세요.]

문자메시지를 확인한 그녀는 눈살을 찌푸렸다.

꽤나 귀찮은 상대에게서 온 문자메시지였다.

수도권에는 상류층의 사교클럽이 몇 개 있었는데 그녀도 인맥을 쌓으라는 태식의 명령으로 사교클럽 하나에 소속되어 있었지만 지은은 그런 자리를 좋아하지 않아서 자주 참석하지 않았었다.

최근 몇 번 연속해서 빠졌더니, 참석하라고 문자메시지가 온 것이다.

클럽 규칙에 장기간 빠지면 탈퇴시킨다는 조건이 있는 데다가 아버지인 태식이 싫어할 게 분명하기 때문에 그녀는 한숨을 쉬면서 이번에는 참석할 생각이라는 내용의 답장을 보냈다.

*　　　　*　　　　*

"마감되었습니다!"

4월 1일, 공모전 마감이라고 공지한 오후 4시가 되기 무섭게 상현이 공모전이 마감되었음을 큰 소리로 알렸다. 그의 목소리가 사무실에 울려 퍼지고 직원들은 가볍게 박수를 쳤다.

"모두 수고하셨고 이제부터 진정한 고생길의 시작이네요."

규현은 미소를 지으며 말했다.

아직 투고된 작품이 얼마나 되는지 모르기 때문에 다들 밝은 얼굴이었다. 규현의 시선이 상현에게 향했다.

"상현아, 투고된 작품 수는?"

"700 작품 정도 됩니다."

상현의 말에 직원들의 표정이 창백해졌다. 예선 심사는 직원들의 몫이었기 때문에 사무실 공기는 차갑게 얼어붙었다.

"그, 그렇게나 많습니까?"

석규는 많이 당황했는지 떨리는 목소리로 말했다.

"다시 확인해 봤지만 700작품을 조금 넘는 게 맞아요."

상현이 다시 확인했지만 숫자는 변하지 않았다.

얼어붙은 사무실 공기를 보고 규현은 가볍게 박수를 쳐서 분위기를 환기시킨 후 입을 열었다.

"예선만 고생하시면 됩니다. 본선은 저 혼자서 검토할 거고 결선은 저와 칠흑팔검 작가님, 그리고 김병규 작가님이 심사할 겁니다. 다들 예선만 부탁합니다."

이미 규현은 직원들에게 공모전 심사 시스템을 이야기했었다.

예선은 직원들이 원고를 검토해서 정말 최소한의 기준에도 부합하지 않는 작품들을 걸러낸다. 그리고 본선은 규현이 아주 빠른 속도로 스탯을 확인해서 작가 스탯과 작품 스탯을 종합하여 상위 작품을 결선 심사진에 넘겨서 수상작들을 결정할 예정이었다.

"이거 양이 너무 많은 것 같습니다."

일도가 징징거렸다. 규현은 눈살을 살짝 찌푸렸다.

"걱정 마세요. 예선만 어떻게든 해주시면 제가 본선은 밤을 새더라도 확실하게 하겠습니다."

눈살을 찌푸렸으나 화를 내진 않았다. 충분히 충격을 받을 만한 업무량이었기 때문에 직원들의 기분을 이해할 수 있었다.

"너무 깊이 생각하실 필요는 없습니다. 읽어보다가 아니다 싶으면 탈락시키면 됩니다. 다만, 최소한 절반은 읽어주세요."

칠흑팔검이 설명했다. 규현도 딱히 이의를 제기하지 않았다. 그가 말한 방법을 사용한다면 높은 효율을 이끌어낼 수 있을 것이다.

"그럼 시작해 주세요."

"넵!"

상현은 대답과 함께 미리 분류한 대로 직원들에게 투고작들을 메일로 보냈다. 그리고 힘든 작업이 며칠 동안 계속되었다.

"대, 대표님, 끝났습니다. 본선 진출작은 정확히 201작품입니다."

"석규 씨, 수고했어요. 쉬어도 좋습니다."

"감사합니다."

석규는 감사를 표하며 좀비 같은 움직임으로 자리로 돌아갔다. 며칠 동안 고생한 탓에 다른 직원들의 상태도 석규와 크게 다르지 않았다.

"예선 심사도 끝났으니 오늘은 다들 일찍 퇴근하세요."

"와아!"

"대표님, 멋지십니다!"

채찍과 당근이 필요한 것처럼 열심히 일한 직원들에게는 휴식이 필요하다고 생각한 규현이 일찍 퇴근해도 좋다고 선언하자 직원들이 환호성을 질렀다.

"저는 남아서 본선 심사를 진행하겠습니다."

규현이 말을 이어가자 사무실이 급속도로 조용해졌다. 회사의 대표가 일한다는데, 자신들이 너무 좋아하는 것 같아서 미안했던 것이다.

"물론 저도 퇴근할 거니까 눈치 보지 마시고 일찍 퇴근하셔도 좋습니다."

혹시라도 사무실에 남아서 업무에 집중하면 다른 직원들이 쉽게 퇴근하지 못하고 눈치를 볼 수도 있기 때문에 자신도 일찍 퇴근하기로 했다.

"대표님, 혼자서 힘드실 것 같은데… 제가 도와드릴까요?"

칠흑팔검이 조심스럽게 물었다.

예선에서 걸러냈다고는 하지만 201개나 되었다. 본선은 예선보다 꼼꼼한 심사를 필요로 했기 때문에 혼자서 하기엔 힘들고 시간이 많이 걸릴 수도 있었다.

"저, 저도 도와드릴게요."

현지도 거들었지만 규현은 그녀를 보며 미소를 지어 보인 뒤 칠흑팔검을 향해 시선을 옮겼다.

"걱정하지 않으셔도 됩니다. 제가 잠을 좀 줄이면 확실하게 할 수 있습니다."

"그래도 마음이 편치 않은데……."

"작가님은 예선 심사 때 고생하셨으니 조금 쉬세요."

규현은 그렇게 말하며 대표실로 들어갔다.

퇴근 준비를 끝내고 다시 나왔을 땐 다른 직원들의 퇴근 준비도 끝나 있었다.

"오랜만에 다 같이 퇴근하네요."

"그러게 말이에요."

규현과 하은이 가벼운 대화를 나누며 금진 빌딩을 나섰다. 마침 저녁을 먹기 적당한 시간이었기 때문에 규현은 직원들에게 삼겹살을 사주고 오피스텔로 돌아갔다.

"하아."

오피스텔 문을 열고 안으로 들어온 규현은 깊은 한숨을 내쉬며 책상 앞 의자에 앉아 노트북을 열고 투고작들을 검토하기 시작했다.

투고된 작품들을 검토하는 데 스탯을 보는 능력이 있으니 금방 끝날 것이라는 규현의 예상과는 달리 2주에 가까운 시간이 걸렸다.

스탯만 확인하면 될 거라고 생각했지만 정독을 요구하는 작품이 많아 검토하는 데 까다로웠다. 그래서 모든 작품은 아니지만 절반 정도 되는 작품을 정독하느라 잠자는 시간을 줄여가면서 검토했음에도 불구하고 2주에 가까운 시간이 걸릴 수밖에 없었다.

[메일 발송이 완료되었습니다.]

최종 결선에 진출한 작품의 수는 34작품. 규현은 칠흑팔검과 김병규에게 메일로 보냈다.

"슬슬 출근할 시간이네."

시간을 확인한 규현은 혼잣말을 중얼거리며 출근 준비를 서둘렀다. 그동안 잠을 줄이면서 투고작들을 검토하느라 몸이 피곤했지만 출근은 해야만 했다. 그리고 출근한다면 대표실에서 문을 닫고 잠시 쉬는 것도 가능할 것이다.

출근 준비를 끝낸 규현은 사무실로 향했다. 사무실에 도착하니 직원들은 이미 모두 출근한 상태였고 작가들도 예리를 제외하면 모두 출근해서 자리를 지키고 있었다.

"대표님, 메일 확인했습니다."

대표실로 향하는 규현을 보고 칠흑팔검이 말했다. 그는 규현보다 일찍 출근해서 메일을 확인한 것 같았다.

"네. 매뉴얼대로 점수를 부여해 주세요. 그리고 종합해서 당선작을 뽑겠습니다."

"알겠습니다. 확실하게 하겠습니다."

칠흑팔검이 고개를 끄덕이며 대답했고 규현은 그에 답하듯 고개를 끄덕이며 대표실 안으로 들어갔다. 그리고 병규에게 전화를 걸어서 칠흑팔검에게 했던 말과 같은 말을 전달하고는 의자 등받이에 몸을 기대고 휴식을 취했다.

결선까지 올라온 작품의 수도 많지 않았고 공모전 심사를 최우선 업무로 지정한 덕분에 3일 뒤, 결선 심사 위원 세 사람인 상현과 칠흑팔검, 그리고 병규는 의견과 점수를 제출했다. 규현은 거기에 자신의 의견과 점수를 더했다.

장려상 10명은 빠르게 정해졌지만 대상과 우수상에선 네 사람의 의견이 엇갈렸다.

대상 후보는 '대영주 다이크'를 쓴 장서진 작가와 '대마법사의 왕국'을 쓴 정도현 작가였다. 대상은 한 명만 받을 수 있기 때문에 서진과 도현 중에서 한 명을 뽑아야만 했다.

대상을 받지 못한 다른 한 명은 우수상을 받게 될 것이다.

놀랍게도 두 참가자의 점수가 소수점까지 동일했기 때문에 결국 규현은 회의를 열 수밖에 없었다. 회의에는 최종 심사 위원인 칠흑팔검과 병규가 참여했다.

회의실에 들어가기에 앞서 규현은 마지막으로 정도현 작가와 장서진 작가의 작가 스탯과 작품 스탯을 확인했다.

둘의 작가 스탯과 작품 스탯은 매우 비슷했다. 작가 스탯은 B급으로 같았고 작품 스탯도 종합 등급은 B급으로 같았으나 다만 흥행 스탯에서 차이가 있었다.

정도현 작가의 대마법사의 왕국은 국내 흥행 스탯이 C급에 불과했지만 해외 흥행 스탯이 F급이나마 붙어 있었고 장서진 작가의 대영주 다이크는 국내 흥행 스탯이 B급이었으며 해외 흥행 스탯은 붙어 있지 않았다.

국내에 주력할 것인지 해외에도 시선을 돌릴 것인지 선택해야 하는 순간이었다.

"저는 정도현 작가의 작품이 대상에 어울린다고 생각합니다."

"정도현 작가의 대마법사의 왕국이 가진 작품성은 분명 훌륭하지만 국내에서 크게 흥행하긴 힘듭니다. 작품성도 좋지만 상업성도 고려해야 합니다."

회의를 위해 부산에서 서울까지 급히 올라온 병규는 1세대 작가답게 작품성이 뛰어난 대마법사의 왕국을 쓴 정도현 작가에게 대상을 줘야 한다고 주장했지만 칠흑팔검의 생각은 다른 것 같았다.

그는 병규의 의견에 자연스럽게 반대를 하다가 잠시 말을 멈추고 커피를 한 모금 마셨다. 그리고 다시 입을 열었다.

"그런 의미에서 장서진 작가의 대영주 다이크가 대상에 더욱 적합하다고 생각합니다."

대영주 다이크의 국내 흥행 스탯은 B급으로 C급인 대마법사의 왕국보다 높았다.

"대표님은 어떻게 생각하십니까?"

칠흑팔검의 말에 병규의 시선이 규현에게 향했다.

규현은 생각에 잠겼다.

칠흑팔검이 밀고 있는 대영주 다이크는 상업성이 확보되어 있었고 실제로 국내 흥행 스탯도 높았기 때문에 국내 시장에서 괜찮은 활약을 보일 것이다. 그에 비해 병규가 밀고 있는 대마법사의 왕국은 국내 흥행 스탯은 부족했지만 외국에서는 통할 수 있었다.

해외 흥행 스탯은 F급이라고 해도 무시할 수 없는 수준의 매출을 창출하기 때문에 국내 흥행 스탯 C급을 보고 외면하기도 힘들었다.

다만 문제는 해외 흥행 스탯이 가지는 불확실성이 문제였다. F급이면 특정 국가에서는 그럭저럭 흥행하는 수준인데 그 특정 국가를 알 길이 없었다. 게다가 당장 루트가 확보된 곳은 중국과 일본, 그리고 미국.

'뉴욕 북스에서 도와줄까?'

뉴욕 북스의 도움을 받는다면 유럽권도 가능하지만 그들에게 도움 받을 정도의 퀄리티는 아니었다.

확실한 국내 흥행 스탯을 선택할지 아니면 다소 불확실하지만 국내에 비해 더 많은 매출 상승을 가져다줄 해외 흥행 스탯을 선택할지 규현은 고민했지만 그 고민은 길지 않았다.

"대상은 정도현 작가의 대마법사의 왕국으로 합시다."

마침내 규현이 결정을 내렸고 마이다스의 손이라고 불리는 그의 결정에 칠흑팔검과 병규는 반대 의견을 제시하지 않았다.

55장

VIP

5월 초 '대마법사의 왕국'을 쓴 정도현 작가가 제1회 가람 공모전의 대상 3,000만 원의 주인공이 되었다.

가람 공모전 시상식은 사무실 근처의 호텔에서 열렸다.

정도현 작가와 장서진 작가를 포함해 12명의 수상 작가가 참가했고 짧은 식순을 거쳐 시상이 진행되었다.

시상식이 끝나고 난 뒤에는 당선된 작가들과 계약서를 작성하는 시간을 가졌다. 이렇게 모여서 계약서를 작성하는 게 효율적이기 때문이었다.

공모전 수상작은 가람과 계약을 해야 한다고 명시되어 있었기 때문에 별다른 반발은 없었다.

"칠흑팔검 작가님, 여기 연락처가 포함된 명단입니다. 30명 정도 되는데 문자메시지로 계약 제의 부탁드리겠습니다."

시상식이 끝나고 다음 날, 규현은 칠흑팔검에게 연락처가 포함된 명단을 건넸다.

규현은 본선을 심사하면서 따로 또 하나의 명단을 작성했다. 명단의 작가들은 작가 스탯이 높거나 작가 스탯과 작품 스탯 간의 격차가 크지 않았다. 한마디로 명단에 포함된 사람은 잠재력이 뛰어난 작가이거나 잠재력의 대부분을 개발한 작가라는 소리다.

결선에 진출한 작가 중에는 A급 스탯을 가진 작가는 없었지만 본선에서 올라가지 못하고 탈락한 작가 중에선 A급 스탯을 가진 작가가 한 명 있었다. 바로 특급 마법사 헌터라는 작품을 투고한 박도경 작가였다.

'특급 마법사 헌터'의 스탯은 E급에 불과했지만 그것을 쓴 박도경 작가의 스탯은 A급이었다. 이는 잠재적인 능력을 개발한다면 최소 B급 작품을 쓸 수 있다는 것을 의미했다.

국내에서는 작품 스탯이 B급만 되어도 많이 성공했다고 볼 수 있었다. 게다가 작가 스탯이 A급이니 A급 작가로 성장할 가능성도 충분했다.

'내가 도와주면 가능하겠지.'

규현은 생각했다. 높은 작가 스탯을 가지고 있더라도 '감'을 잡지 못하면 그 수준에 도달하지 못하는 경우가 많지만 규현은 도경의 잠재적인 능력을 개발시켜 줄 자신이 있었다.

"알겠습니다. 1시간 안에 문자메시지 돌리고 보고하겠습니다."

"네, 부탁합니다."

칠흑팔검에게 일을 맡긴 규현은 대표실로 돌아가 의자에 앉아 노트북을 열었다. 얼마 전에 귀환 영웅을 완결한 덕분에 여유가 생겼지만 결말은 만족스럽지 않았다.

치밀하게 준비하지 않은 상태에서 쓰기 시작한 탓에 전체적인 줄거리조차 준비하지 못해 결말이 엉망이었다.

'차기작은 치밀하게 준비를 한 뒤에 써야겠어.'

규현은 귀환 영웅의 뼈아픈 실수를 거름 삼아 차기작은 더욱 완벽한 작품을 써야겠다고 결심했다.

국내 흥행은 다소 포기하더라도 해외 흥행을 확실하게 잡을 생각이었다.

'목표는 해외 흥행 스탯 B급이다.'

해외 흥행 스탯 B급은 결코 쉬운 게 아니었지만 작품성과 스토리, 그리고 외국인들이 좋아하는 설정의 디테일을 살린다면 충분히 가능하다고 생각했다.

똑똑.

잠시 생각에 잠겨 있는 사이, 누군가 대표실 문을 가볍게 노크했다.

규현은 노트북 키보드에서 손을 떼며 입을 열었다.

"들어와도 좋습니다."

규현이 들어와도 좋다고 허락하자 문이 열리고 칠흑팔검이 들어왔다. 그는 규현을 보며 입을 열었다.

"대표님께서 주신 명단에 있는 작가 30명에게 문자메시지를 보냈습니다. 메일도 아니고 스마트폰으로 직접 문자메시지를 보냈으니 하루 안에 확인할 것이라고 생각됩니다."

현대인은 특별한 일이 없는 한 늘 스마트폰을 휴대한다. 그래서 메일과는 다르게 문자메시지를 보낼 경우 대부분 빠르게 확인할 것이다. 고민하는 시간을 포함하더라도 하루 만에 답장이 올 것이라고 칠흑팔검은 예상하고 있었다.

"이제 기다리는 일만 남았군요."

"그런 셈이죠."

규현의 말에 칠흑팔검은 고개를 끄덕이며 대답했다. 이제 기다리는 일만 남았다.

"일단 내일까지 기다려 보죠."

"아마 절반 이상이 답장을 보낼 겁니다."

칠흑팔검의 예상대로 다음 날 오후까지 30명의 절반 이상인 19명의 사람이 답장을 보냈다.

"30명 중에 19명이 답장을 보냈고 그중에서 10명이 계약을 희망한다는 내용의 답장을 보냈습니다."

"전화해서 약속 잡아요. 그리고 계약서 사인 받아 오세요."

"알겠습니다."

규현의 지시에 칠흑팔검은 신속하게 움직였다. 그와 상현은 답장 온 작가들에게 전화를 걸어 약속을 잡았다.

이틀 동안은 꽤나 바쁘게 돌아갔다. 뒤늦게 문자메시지를 확인하고 계약 의사가 있다는 사실을 전달한 작가들까지 접촉한 끝에 최종적으로 계약서에 사인을 받은 작가의 수는 15명이 되었다.

규현이 작성한 명단의 작가 중 딱 절반이 가람과 계약했고 이는 성공적이라고 할 수 있었다.

"이것으로 저희와 현재 계약 중이거나 차기작 계약이 거의 확실한 작가의 수는 150명 정도가 되었습니다."

회의실에서 칠흑팔검이 보고했고 규현은 미소를 지으며 입을 열었다.

"이 정도면 충분하군요."

"무엇이 충분하다는 건가요?"

석규가 물었다. 규현의 시선이 그에게 향했다.

"문학 왕국처럼 가람북에 연재란을 만들 생각입니다."

공모전으로 확보된 작가 12명과 추가로 계약한 15명의 작가를 합치는 가람과 계약 중이거나 차기작 계약이 거의 확실한 작가의 수는 150명이 되었다.

같은 배를 타게 된 파란책의 작가들까지 합하면 더욱 많은 수가 된다.

즉 연재를 할 작가는 이미 충분히 확보되어 있다는 말이었다.

고정 독자 역시 코코아와의 제휴 덕분에 충분한 상황. 문제는 신인 작가들의 유입인데 문학 왕국보다 조회수가 잘 나온다는 것이 소문난다면 자연히 문학 왕국에서 가람북으로 옮겨올 것이다.

"충분히 가능하고 좋은 생각인 것 같습니다. 연재 사이트가 활성화되면 신인 작가들을 쉽게 등용할 수도 있으니 파란책 쪽에서도 반길 겁니다. 다만 문학 왕국과 북페이지의 반응이 걱정되는군요."

신인 작가들이 자유롭게 연재할 수 있는 공간이 만들어진다면 신인 작가 등용문이 열리기 때문에 가람북과 제휴 관계인 파란책에서도 반길 만한 일이었으나 문제는 문학 왕국과 북페이지였다.

"문학 왕국과 북페이지는 이것을 전면전의 시작으로 받아들일 수도 있습니다."

"자칫 잘못하면 그쪽에서는 그렇게 해석할 수도 있겠군요.

충분히 가능한 일입니다."

하은의 말에 칠흑팔검이 동조하듯 고개를 끄덕였다.

"모든 것은 북페이지에서 시작했습니다. 문학 왕국 또한 출판사 및 매니지먼트의 행동을 제한하면서 돌이킬 수 없는 강을 건넜어요. 전면전은 이미 시작되었습니다."

규현의 말이 회의실에 울렸다. 모두의 시선이 그에게 집중된 가운데, 규현이 말을 이어가기 위해 다시 입을 열었다.

"그리고 저희는 북페이지나 문학 왕국의 하청 업체가 아닙니다. 두 업체의 눈치를 볼 필요가 없습니다. 이대로 진행합니다. 모두 그렇게 알고 행동하시면 됩니다."

말을 마친 규현의 시선이 가람북 웹사이트 관리 업무를 맡은 최성진에게 향했다. 원래 가람북은 웹사이트 관리를 외부 업체에 맡겼는데, 전문 인력인 성진을 채용한 뒤로는 외부 업체에서 맡았던 업무 대부분을 그가 맡아서 하고 있었다.

"연재란 만드는 데 얼마나 걸리나요?"

"대충 만들면 하루, 꼼꼼하게 만들더라도 3일이면 충분합니다."

성진이 장담했다. 그는 경력자였지만 다른 일도 많았기 때문에 신경 써서 만들려면 3일의 시간이 필요했다.

"좋습니다. 최대한 빨리 만들되, 퀄리티는 떨어지지 않게 부탁합니다."

"최선을 다하겠습니다."

성진의 대답에 규현은 흡족한 표정으로 고개를 끄덕였다.

"오늘 회의는 여기서 끝내도록 하겠습니다."

규현이 회의가 끝났음을 선언하며 회의실을 나왔다. 뒤이어 직원들도 나와 각자의 사무용 책상 앞에 앉았다.

평소 회의가 끝날 때쯤이면 꽤 늦은 시간이기 때문에 출퇴근이 비교적 자유로운 작가들은 퇴근하는 경우가 많았다.

오늘도 평소와 마찬가지였고 차기작 준비 때문에 노트북과 한창 씨름을 하고 있는 예리만이 자리를 지키고 있었다.

"회의 끝난 거예요?"

회의실에서 나오는 상현을 보며 예리가 물었고 그는 대답 대신 고개를 끄덕이며 좀비처럼 힘없이 자신의 자리를 찾아가 앉았다.

규현은 그들의 모습을 지켜보다가 대표실로 들어가 의자에 앉았다.

'오늘 메일 확인을 깜빡하고 있었네.'

책상 앞에 앉아서 멍하니 있던 규현은 오늘 메일함 확인을 깜빡했다는 것을 깨닫고 서둘러 메일함을 확인했다.

안 읽은 메일이 몇 통 있었는데, 광고 메일을 제외하면 확인해야 할 메일은 한 통밖에 없었다.

"ABO 드라마 기획국이네……."

ABO 드라마 기획국에서 보낸 메일이었다. 훗날을 위해서라도 ABO 드라마 기획국과는 좋은 관계를 유지할 필요가 있었기 때문에 규현은 서둘러 메일을 확인했다.

[안녕하세요, 정규현 작가님. ABO 드라마 기획국의 필 하스너입니다. 그동안 잘 지내셨습니까? 한국은 이제 봄이 끝나갈 무렵으로 알고 있습니다. 제가 이렇게 갑작스럽게 메일을 드린 것은 다름이 아니오라 검은 사신 시즌 2의 1화 방영일이 다가왔기 때문입니다. 미리 말씀드렸어야 하는데 죄송합니다. 여러 가지로 일이 겹치다 보니 미리 연락드리지 못했습니다. 아마 작가님이 한국 기준으로 이번 주 목요일이나 금요일쯤에 종합 케이블 채널을 통해 검은 사신 시즌 2를 감상하실 수 있을 겁니다. 제작진 모두가 최선을 다했으니, 틀림없이 만족하실 겁니다. 그리고 혹시라도 미국에 오신다면 연락 주시길……. 작가님을 뵙고 싶어 하는 분들이 많습니다.]

메일을 확인한 규현은 스마트폰을 들어 올렸다. 검은 사신 시즌 1을 감상하기 위해 종합 케이블 채널 어플을 설치해 두었기 때문에 검색만 하면 되었다.

[검은 사신 시즌 2(22:00 업로드 예정)]

아직 방영하려면 시간이 조금 남아 있었다.

"자료 조사나 해야겠다."

그는 혼잣말을 중얼거리며 완벽한 차기작을 쓰기 위한 자료 조사를 서둘렀다. 자료 조사에 열중하고 있으니 시간은 금세 흘러갔다.

블라인드를 위로 올리고 밖을 내다 보니 칠흑 같은 어둠이 하늘에 내린 상태였고 사무실의 직원들도 대부분 퇴근했다. 칠흑팔검조차 슬슬 일을 마무리하고 있는 것 같았다.

'퇴근하자.'

규현도 퇴근 준비를 서둘렀다.

퇴근한 규현은 오피스텔에 도착하기 무섭게 침실로 뛰어가 침대에 몸을 던졌다. 그리고 스마트폰을 꺼내 종합 케이블 채널 어플에 들어갔다.

지금 시간은 10시 25분이었다.

검은 사신 시즌 2의 1화가 업로드되고도 남을 시간이었고 예상대로 검은 사신 시즌 2를 검색하니 업로드된 상태였다.

"감상해 볼까?"

규현은 기대감 어린 표정으로 재생을 눌렀다.

시작은 웅장했다. 침략자들의 공격으로 워싱턴이 무너지고 연방은 반격을 개시했다.

할리우드 영화라고 해도 믿을 법한 정교한 CG 효과에, 배우들의 연기력 또한 훌륭했기 때문에 약 50분 정도 되는 짧지 않은 시간이 매우 짧게 느껴질 정도였다.

특히 적당히 궁금증을 유발하면서 1화의 끝을 맺는 게 메인 작가의 역량이 훌륭하다는 것을 가늠할 수 있게 해주었다. 기억이 틀리지 않다면 에피소드 1의 메인 작가는 존 케일스로 실력을 검증받은 작가였다.

존 케일스에 대한 정보는 기억나지 않았다. 다만 확실하게 기억나는 것은 존 케일스는 데이지 오먼과 잭 프라이스, 그리고 로널드 메릴과 다르게 예의도 바르고 실력 또한 있는 뛰어난 작가라는 점이었다.

검은 사신 시즌 1의 감독 조지 테일러 역시 존 케일스의 우수한 점을 알고 있었기 때문에 시즌 1의 메인 작가를 맡기는 것과 함께 초반부와 함께 가장 중요한 부분으로 손꼽히는 종장의 에피소드 2개도 맡겼었다

검은 사신이 시즌 2에 와서도 그는 규현에게 시즌 메인 작가 자리를 내주긴 했지만 여전히 가장 중요한 부분인 초반부, 에피소드 1과 2의 메인 작가를 맡았다.

'정예라고 볼 수 있겠네.'

그를 한마디로 정의하자면 정예 작가라고 표현할 수 있었다.

규현은 잘 몰랐지만 미국 드라마업계에서 존 케일스는 유명한 편이었다.

왕좌의 혈투에서 그를 제일 먼저 스카우트하려고 했었다. 만약 그가 왕좌의 혈투를 기획하는 CBO 드라마 기획국으로 넘어갔다면 규현이 조금 힘들었을지도 모르는 일이었다.

'잡생각이 길었네. 잠이나 자자.'

여러 생각에 빠져들었던 규현은 다음 날을 위해 눈을 감았다.

*　　　　*　　　　*

며칠 뒤 사무실에 출근한 규현은 웹사이트 담당 직원인 성진으로부터 연재란이 완성되었다는 보고를 받게 되었다.

"대표님이 지시하신 대로 연재란을 만들었습니다."

"한번 확인해 볼까요?"

"예. 이미 적용은 끝난 상황입니다."

성진이 자신만만하게 보고했고 규현은 확인을 위해 가람북 홈페이지에 접속했다. 성진의 말이 틀리지 않다면 이미 홈페이지엔 연재란이 추가 적용되어 있을 것이다.

마침 규현의 옆을 지나고 있던 칠흑팔검도 잠시 발걸음을 멈추고 규현의 노트북 화면에 시선을 보냈다.

인터넷을 켜고 가람북 홈페이지에 들어가자 익숙한 모습에서 조금 새로운 점을 어렵지 않게 찾을 수 있었다.

상단 메뉴에 연재란이 새롭게 보였다.

"제가 지시한 대로 잘해주셨네요. 수고하셨습니다."

"감사합니다."

규현의 칭찬에 성진이 고개를 살짝 숙였다. 옆에서 노트북 화면을 유심히 보던 칠흑팔검은 두 눈을 가늘게 뜬 채로 입을 열었다.

"작가 연재, 일반 연재, 자유 연재로 나눴네요? 역시 그때 회의 내용을 반영하신 겁니까?"

칠흑팔검의 질문에 규현은 고개를 끄덕였다.

"네. 아무래도 이게 가장 효율적일 것 같더라고요."

"그럼 시스템은 그때 회의 내용 그대로입니까?"

"네. 작가 연재는 가람북과 계약한 작가들만 연재할 수 있는 공간입니다. 그리고 일반 연재는 가람북에서 일정량 이상을 연재한 작가들만 연재할 수 있는 공간이며 자유 연재는 말 그대로 자유롭게 연재 가능하죠."

불공평하다는 말이 나올 수도 있는 구조였지만 효율적인 구조라고 볼 수 있었다. 연재란을 세 곳으로 나누어놓음으로 인해 혼란을 방지하고 가람북에 오래 연재하거나 계약한 작가들에게 혜택을 주는 것으로 어느 정도 특별함을 부여할 수 있었다.

불평을 하는 작가들도 분명 있겠지만 더욱 열심히 써서 혜택을 받으려고 하는 작가들이 더 많을 것이라고 규현은 생각했다.

"그렇군요. 연재란은 만들어졌으니 홍보만 남은 건가요?"

"아뇨. 제 생각이지만 따로 홍보할 필요는 없을 것 같습니다. 이미 가람북의 이름은 충분히 알렸으니까요."

나이버 배너나 TV 광고 등으로 급속도로 퍼진 가람북의 이름은 코코아와 제휴 계약을 체결하면서 더욱 널리 알려지게 되었다.

이미 가람과 가람북의 이름은 충분히 알렸으니 연재란을 가다듬고 기다리기만 하면 되는 것이다.

"칠흑팔검 작가님."

"네. 대표님."

연재란을 유심히 살핀 끝에 문제점을 발견하지 못한 규현은 성진을 자리로 돌려보내고 옆에 서 있는 칠흑팔검을 호출했다. 그가 고개를 끄덕이며 대답을 하자 규현은 의자를 돌려 몸을 그에게 향한 상태에서 입을 열었다.

"지금 작가들 연재 형식으로 가람북에서 서비스하고 있던 작품들 전부 연재란으로 돌리고 차기작 준비 중인 작가들에게도 의향을 물어서 몇 명은 적당히 연재로 돌려요."

"일단 유료 연재를 한번 진행하고 이북 출간하는 게 수입이 더 많으니까 거절하는 작가님들은 많지 않을 겁니다."

칠흑팔검의 말대로 연재로 진행하고 이북으로 추가 출간하면 많진 않지만 이중으로 수입이 발생하기 때문에 연재를 싫어할 작가들은 많지 않을 것이다.

"아, 그리고!"

말이 끝나고 칠흑팔검이 자리로 돌아갔을 때, 규현이 뭔가 생각났는지 입을 열었다.

"아직 문학 왕국에서 유료 연재 안 하고 무료 연재 중인 작품이 몇 개 있죠?"

"네, 몇 작품 있을 겁니다."

규현의 말에 칠흑팔검은 고개를 끄덕였다. 문학 왕국이 출판사나 매니지먼트의 활동을 제한하면서 많은 출판사나 매니지먼트가 유료 연재를 제외한 작품을 철수시켰다. 그건 가람 또한 마찬가지였지만 작가의 의사를 존중해 기존에 연재 중인 작품 몇 개는 연재를 중단하지 않고 있었다.

"그거 전부 철수시켜요."

"그래도 되겠습니까? 작가님들이 반발할 수도 있는데……."

"반드시 설득시키세요."

칠흑팔검이 우려를 표했지만 규현은 단호하게 말했다. 그의 완고한 태도에 칠흑팔검은 굳은 표정으로 고개를 끄덕였다.

"대표님의 뜻이 그렇다면 최선을 다해 설득해 보겠습니다."

"좋습니다."

칠흑팔검과 대화를 끝낸 규현의 시선이 상현에게 향했다.

"상현아, 백준석 작가 원고는 도대체 언제 오는 거야? 벌써 마감을 넘긴 지 오래야."

고저 없는 침착한 목소리로 말하고 있었지만 상현은 그의 목소리에서 상당한 짜증이 섞여 있는 것을 느낄 수 있었다.

"그게… 작가님이 아직까지 원고를 보내지 않았어요."

상현의 보고에 규현은 눈살을 찌푸렸다.

백준석 작가의 마감은 지난주였다. 당연히 일주일 전까지 도착했어야 할 원고가 도착하지 않았으니 규현의 입장에선 황당할 수밖에 없었다.

"미치겠네. 백준석 작가는 완전 습관적으로 마감을 어기는 것 같네."

규현이 혼잣말에 가까운 말을 중얼거렸다. 그의 기억이 틀리지 않았다면 백준석 작가는 마감을 어긴 게 이번이 처음이 아니다. 전에도 몇 번 마감을 어긴 적이 있었다.

그때는 그냥 넘어갔는데, 이번에는 그냥 넘어갈 수 없었다.

"백준석 작가가 어디에 거주하지?"

"수원입니다."

규현의 물음에 상현이 대답했다.

"수원이면 그렇게 멀지는 않군."

"대표님? 설마 사무실에 출근시키려고요?"

규현의 혼잣말에 하은이 물었다. 그는 입꼬리를 끌어 올렸다.

"네. 통조림입니다. 안 될 것도 없지 않습니까? 수도권이고 사무실에 빈 책상도 있습니다."

통조림이란 마감을 지키지 않은 작가를 골방에 가둬놓고 통조림만 줘가면서 원고를 완성시키게 만들었다는 출판업계의 전설과 같은 소문을 뜻했다.

규현은 그 전설을 한번 실행시켜 볼 생각이었다.

"어서 전화 걸어서 원고 들고 오라고 해."

"네."

상현은 회의실에 들어가 준석에게 전화를 걸었다. 그는 5분 후 회의실에서 나오며 입을 열었다.

"형! 백준석 작가님이 오신다고 하네요."

"흔쾌히 온다고 하던가?"

규현의 물음에 상현은 고개를 끄덕이며 입을 열었다.

"네. 근데 오히려 약간 들뜬 것 같던데요?"

"뭐?"

상현의 대답에 규현은 완벽하게 이해하지 못해서 반문했다. 그러자 상현은 어깨를 으쓱해 보였다. 그를 보며 규현이 입을 열었다.

"와서 글 써야 한다고 말 안 한 거야?"

규현은 미심쩍은 눈초리를 상현에게 보내며 물었다. 마감을 지키지 않는 작가에게 글 써야 한다고 불렀는데 들뜬 목소리로 흔쾌히 온다고 할 리가 없었다.

"통조림 한다고 부를 수는 없잖아요? 올 리가 없는데… 그래서 적당히 형이 맛있는 거 사줄 생각이 있으니까 와서 먹고 가라고 했죠."

"하긴… 그건 그렇죠."

상현의 말에 조금 떨어진 책상 앞에 앉아서 열심히 글을 쓰고 있던 지석이 동조했다. 규현도 같은 생각이었다. 생각해 보니 상현의 말이 옳았다.

"그럼 일단 백준석 작가님을 기다려 보도록 하죠."

규현은 입꼬리를 끌어 올려 미소를 지은 채 준석이 올 때까지 기다려 보자고 말했다. 그리고 그가 그렇게 말한 지 얼마 되지 않아서 준석이 아무것도 모르는 표정으로 사무실 문을 열고 걸어 들어왔다.

"대표님, 맛있는 것을 사준다고 하셔서 이렇게 찾아왔습니다."

"문 잠궈."

순진한 표정으로 사무실 문을 열고 걸어 들어오던 준석의 표정이 규현의 말 한 마디에 뭔가가 잘못되었음을 깨닫고 딱딱하게 굳었다.

그는 서둘러 몸을 돌려 사무실을 벗어나려 했지만 이미 상현이 사무실 문을 잠그고 석규가 앞을 막아선 뒤였다.

"이거 설마 통조림인가요?"

심상치 않은 분위기에 준석은 본능적으로 이것이 전설로만 전해져 내려오는 통조림의 시작이라는 걸 감지하고 떨리는 목소리로 물었다.

규현은 대답하지도 고개를 끄덕이지도 않았다.

"대, 대답 좀 해주세요."

준석의 말에 규현은 입가에 미소를 머금은 채 입을 열었다.

"작가님, 맛있는 것 사드릴 거예요. 다만 그 전에 우리, 해야 할 게 있죠?"

"워, 원고를 들고 오라는 게 이런 의미였을 줄이야."

준석은 뒤늦게 눈치가 없었던 과거의 자신을 책망했지만 이미 늦고 말았다. 이동식 저장 장치는 상현의 손에 넘어간 뒤였으니까.

상현은 사무실 공용 노트북을 빈 책상에 올려놓고 전원을 켰다.

"작가님, 여기서 원고를 작업하시면 됩니다."

상현의 말에 준석은 고개를 푹 숙이고 책상에 앉아 문서 작성 프로그램을 켰다.

노트북 화면의 불빛이 비치는 그의 얼굴에 심란한 빛이 가득했지만 어떤 의미에선 모든 것을 포기한 듯한 표정이었다.

모든 저항을 포기한 듯한 그 모습에서 규현은 안도할 수 있었다.

통조림은 마감을 어긴 작가가 원고를 쓰게 하기 위한 확실한 방법이지만 한편으로는 강경한 방법이기 때문에 작가의 반발을 사는 등의 부작용이 다소 있을 수 있었다. 하지만 다행히 준석은 자신의·잘못을 잘 알고 있기 때문에 모든 저항을 포기하고 순순히 협조할 생각인 것 같았다.

"쓰겠습니다. 그러니까 사무실 문 열어두셔도 됩니다."

준석은 노트북 키보드를 열심히 두드리며 말했으나 속으로는 이런 상황을 예상하지 못한 자신을 알게 모르게 탓하고 있었다.

"상현아, 일단은 문 열어둬."

규현은 준석을 어느 정도 믿고 있었기 때문에 상현에게 다시 문을 열라고 시켰다. 일단 문이 열려 있는 게 좋았기 때문에 열라고 했지만 입구에 자리를 배치한 석규를 다시 제자리로 이동시키진 않았다.

"그럼 백준석 작가님, 최선을 다해서 부탁합니다."

규현의 말에 준석은 입가에 어색한 미소를 머금었다.

"네, 최선을 다하겠습니다."

그 말을 끝으로 준석은 열심히 원고에 집중하기 시작했다. 다행히 그는 원고를 어느 정도 써둔 상태였기 때문에 쉬지 않고 원고 작업에 몰두하니 오후 10시가 돼서 작업을 끝낼 수 있었다.

"너무 피곤하네요."

준석이 한숨 섞인 말을 내뱉으며 노트북을 덮고 그 위에 엎드렸다.

그는 오후 10시를 넘긴 시간까지 조금도 쉬지 않고 원고 작업을 한 덕분에 해야 할 분량을 끝낼 수 있었다.

"수고하셨어요. 일단 마감을 넘기긴 했지만 원고를 주셨으니 이만 들어가서 쉬셔도 좋습니다."

상현이 말했다.

다른 직원들은 모두 퇴근했지만 그는 규현과 함께 준석을 감시하고 원고를 넘겨받기 위해 늦은 시간까지 사무실을 지키고 있었다.

"대표님… 저 배고픕니다."

준석은 거의 울먹이는 듯한 목소리로 말했다. 그제야 규현은 정신없이 일하느라 저녁을 먹지 않았다는 사실을 깨달았다.

"그럼 간단하게 저녁이라도 먹으러 가죠."

말을 마치며 규현이 퇴근 준비를 서두르자 준석과 상현도 짐을 챙겼다. 금진 빌딩을 나온 세 사람은 근처 식당가로 향했다.

늦은 시간이었기 때문에 문을 닫은 식당이 많아서 선택지가 별로 없었다. 결국 세 사람은 사무실 근처에 있는 족발 전문점을 선택할 수밖에 없었다. 그마저도 시간이 많이 없었기 때문에 오래 앉아 있을 수는 없었다.

"술도 시켜도 될까요?"

족발을 주문하려고 하자 준석이 조심스럽게 물었다.

주문을 하려던 상현은 규현의 눈치를 보았다. 결정권을 가지고 있는 사람은 주문을 하려는 상현이 아니라 규현이었기 때문이었다.

"뭐… 조금이면 상관없겠죠. 상현아, 소주 한 병이랑 맥주한 병만 주문해."

"네."

상현이 소주 한 병이랑 맥주 한 병을 주문했다.

족발이 나오기 전에 종업원이 밑반찬과 소주, 그리고 맥주를 가져와 테이블 위에 올렸다.

"안주 나오면 먹죠. 빈속에 알코올이 들어가면 좋지 않습니다."

"네."

준석이 소주에 손을 가져가려 하자 규현이 말렸다. 그는 얌전히 대답하며 다시 앉았다. 이윽고 족발이 나왔고 세 사람은 본격적으로 안주를 먹으면서 술을 마시기 시작했다. 그리고 얼마 지나지 않아서 준석의 얼굴이 술에 취한 사람처럼 붉어졌다.

"작가님, 취하신 거 아니에요?"

상현이 준석의 잔을 채우는 것을 멈추고 물었으나 그는 고개를 저으며 입을 열었다.

"아직 취하지 않았습니다. 제가 원래 알코올이 들어가면 얼굴이 붉어지는 체질이거든요, 하하."

"그렇군요."

상현은 곧바로 납득하며 준석의 술잔을 채웠고 규현은 다소 걱정스러운 시선으로 준석을 슬쩍 보았으나 생각 외로 멀쩡해 보여서 굳이 말리지 않았다.

갑자기 통조림을 했으니 스트레스도 충분히 쌓였다고 생각되었기 때문에 일단 지켜볼 생각이었다.

다행히 그는 술을 자제할 줄 아는 듯했고, 식사 분위기는 훈훈했다. 한창 분위기가 무르익을 때쯤 준석이 2차를 외치긴 했지만 별문제 없이 1차에서 적당히 끝내고 그를 얌전히 집으로 돌려보낼 수 있을 것이라 생각했다. 하지만 그건 착각이었다.

"뭘 그렇게 봐? 어?"

식당에서 나와 그를 택시에 태워 보내려 할 때, 그는 지나가는 행인을 보며 막무가내로 거침없이 욕설을 내뱉고 언성을 높이기 시작했다.

본인은 아니라고 했지만 얼굴이 붉어져 있었을 때 이미 취해 있었던 것이다.

"상현아."

진상을 부리는 준석을 겨우 얌전하게 만들고 택시에 태워 그의 집이 있는 수원으로 보낸 규현은 지친 얼굴로 상현을 불렀다.

"네?"

승차 거부를 이겨내고 열심히 택시를 잡고 있던 상현의 시선이 규현에게 향했다. 그런 그를 보며 규현은 군은 얼굴로 입을 열었다.

"백준석 작가, 차기작 계약은 안 했지?"

"네. 아직 하지 않았어요."

"그럼 백준석 작가와의 차기작 계약은 조금 더 생각해 보자."

힘든 일이 있었는지도 모르겠지만 준석을 잠시 지켜본 결과, 마감도 상습적으로 어기는 그와 차기작 계약을 하는 것은 여러모로 피곤해질 것이라고 생각했다.

"저도 같은 생각이에요."

상현도 규현과 같은 생각인 것 같았다.

"택시 잡기 힘들지?"

"예. 아무래도 승차 거부가 심하네요."

규현의 물음에 상현은 쓸쓸한 미소를 머금은 채 대답했다.

"내가 데려다줄게."

"형, 술 마셨잖아요. 대리 운전 부를 거 아니에요?"

"너는 마셨겠지만 나는 술 안 마셨어."

규현의 말에 상현은 기억을 더듬어보았다.

준석의 신세 한탄 때문에 주변 상황이 혼란스러워 선명하진 않았지만 규현이 술을 마시지 않았다는 것을 확실하게 기억해 낼 수 있었다.

규현은 상현을 집에 데려다주고 오피스텔로 돌아왔다.

"하아."

오늘 하루 동안의 피로가 섞인 한숨을 토해낸 그는 스마트폰을 확인했는데 처음 보는 번호로 문자메시지가 한 통 도착해 있었다.

샤워하기 전 규현은 문자메시지를 확인하기 위해 화면을 터치했다.

[이기태입니다. 문자메시지로 이야기하기 곤란한 내용의 용

건이 있으니, 출근하시는 대로 전화 주시면 감사하겠습니다.]

'이기태······? 누구지?'

기억을 더듬어 보았지만 누군지 기억해 낼 수 없었다. 하지만 자신의 번호를 알고 있다는 것은 그와 연관이 있거나 용무가 있다는 것을 의미했기 때문에 사업하는 사람의 입장에서 그냥 지나칠 수는 없었다. 그래서 그는 다음 날 사무실에 출근하기 무섭게 회의실로 들어가 기태라는 남자에게 전화를 걸었다.

─이기태입니다. 정규현 작가님이시죠?

"네. 새벽에 문자메시지 보내신 거 확인했습니다. 문자메시지로 이야기하기 곤란한 용건이 있다고 하셨는데······."

규현은 말끝을 살짝 흐렸다.

─네. 사실은 작가님에게 제안하고 싶은 게 있어서 제가 직접 문자메시지를 드렸습니다.

"실례가 되지 않는다면 서론 없이 바로 본론으로 넘어가 주셨으면 좋겠습니다. 요즘 조금 바빠서요."

─저도 그렇게 한가한 사람은 아니고 작가님도 본론으로 바로 들어가고 싶어 하시는 것 같지만 이번 문제는 설명이 조금 필요합니다.

기태는 바로 본론으로 넘어가는 게 힘들다고 조금 돌려서 말했다.

　규현은 속으로 한숨을 쉬며 회의실 의자에 앉았다. 목소리가 제법 진지한 것으로 보아 장난 전화는 일단 아닌 것 같았기 때문에 전화를 끊지는 않았다.

　—그렇지만 바로 본론으로 들어가도 크게 상관은 없는 것 같으니까 바로 본론으로 들어가도록 하죠.

　방금 전까지만 해도 설명이 필요하다고 했지만 금세 말을 바꾸는 기태의 모습에 규현은 스마트폰을 귓가에 댄 채 고개를 저었다.

　—작가님을 VIP로 모시고 싶습니다.

　"무슨 말씀이죠?"

　나쁜 의미는 아닌 것 같은데, 설명이 없으니 정확한 의미가 전달되지 않았기 때문에 규현이 되물었다.

　—역시 설명이 없으니까 의미가 제대로 전달되지 않네요. 말 그대로입니다. 작가님을 저희가 후원하고 싶다는 겁니다.

　"후원 말입니까? 실례지만 어떤 일을 하는 곳인지 알 수 있겠습니까?"

　갑작스러운 후원 제안에 놀랐지만 규현은 침착하게 알아야 할 정보를 얻기 위해 물었다. 후원을 제안하는 곳이 어딘지, 그리고 어떤 일을 하는 곳인지 알 필요가 있었다.

　—자세한 설명은 드릴 수 없지만 간단하게 설명하자면 저흰

그저 사교클럽에 불과합니다. 다만, 당신이 원하는 모든 것을 이루어드릴 수 있죠.

"제가 원하는 건 별로 없는 데다가 실현하기 힘든 것들입니다."

—원하시는 게 무엇인지 말씀해 보시죠. 불가능하다면 솔직하게 말씀드리겠습니다.

"영화화도 가능합니까?"

—가능합니다.

반쯤 농담 삼아 던진 말이었지만 이어진 기태의 담담한 대답에 그는 입을 다물고 말았다.

판타지 소설의 영화화는 많은 자본이 필요하고 불확실하며 규모가 큰 사업이기 때문에 한국에서는 불가능에 가까운 이야기였다. 그런데 기태는 분명 가능하다고 대답했다.

—못 믿으시면 조만간에 영화 제작사 관계자와 미팅을 주선해 드리죠. 코리아필름이나 백호필름이면 되겠습니까?

코리아필름이면 한국 최고의 영화 제작사였고 백호필름은 대기업 산하의 영화 제작사였다.

"당신, 정체가 뭡니까?"

—제 정체는 인터넷에 검색해 보시면 아실 거고… 우리들에 대해서는 자세히 알려 드릴 수 없습니다. 그저 단순한 사교클럽이라고 생각하면 편하실 겁니다.

그의 말에 규현은 노트북 전원을 켜고 인터넷 검색을 하면서 생각을 정리했다. 기태는 단순한 사교클럽이라고 설명했지만 실제로는 아닐 것이다.

거대 영화 제작사들과 연결 고리가 있는 게 사실이라면 최소한 대한민국의 영향력 있는 이들이 소속된 사교클럽일 확률이 높았다. 어쩌면 재벌2세나 3세가 관련되어 있을 것 같다고 규현은 생각했다.

'역시 그랬군.'

나이버 검색창에 이기태의 이름을 검색하고 그 결과를 확인한 규현은 의미심장한 표정으로 고개를 끄덕였다. 나이버엔 이기태의 정보가 나와 있었다.

그는 백호그룹의 장남으로 흔히 말하는 재벌3세였다.

기태의 위치가 이 사교클럽에서 어느 정도인지는 알 수 없었지만 재벌3세가 소속되어 있는 만큼 결코 가벼운 성격의 클럽은 아닐 것이라 규현은 생각했다.

"원하는 게 뭡니까? 후원의 대가가 있지 않겠습니까?"

오는 게 있으면 가는 것도 있고 모든 일에는 대가가 있다고 생각했기 때문에 기태에게 신중한 질문을 던졌다.

―크게 바라는 건 없습니다. 그저 저희 사교클럽에 가입만 해주시면 됩니다.

"사교클럽이요?"

―네. 물론 규칙은 있습니다만… 크게 신경 쓸 건 없습니다. 비밀만 제대로 엄수해 주시면 됩니다.

비밀 엄수는 예상한 범위였다.

"클럽 가입? 그것으로 끝입니까?"

끝이라고 하기엔 지원이 너무 확실하기 때문에 다소 의심이 갈 수밖에 없었다.

―네. 저희의 궁극적인 목적은 친목 도모니까요.

친목 도모는 여러 가지 의미를 가지고 있기 때문에 쉽게 납득할 수 있었다.

―저희 제안을 받아들이시는 겁니까? 죄송하지만 대답은 지금 해주셔야겠습니다.

"받아들이겠습니다."

규현은 잠깐의 고민 끝에 제안을 받아들였다.

―환영합니다, 정규현 작가님. 이제 당신은 VIP입니다. 며칠 뒤 모임이 있으니, 참석해 주시길 바랍니다. 그날 가입 절차를 밟도록 하지요.

"알겠습니다."

―조만간에 다시 문자메시지를 보내겠습니다.

전화 통화가 끝났고 규현은 스마트폰을 내려놓았다. 그는 인터넷을 이용해 여러 가지 사교클럽과 모임에 대해 검색해 봤지만 그 어떤 인터넷 검색 포털에서도 기태가 소속된 사교클럽에 대한 정보를 찾을 수 없었다.

"역시 없네."

규현은 혼잣말을 하며 의자에서 일어나 냉장고로 향해 문을 열고 시원한 캔 커피를 꺼내 마셨다.

카페인이 빨리 작용할리는 없었지만 몸속으로 시원한 게 들어가자 기분 탓인지는 몰라도 잠이 깨는 것 같았다.

"당연한 건가……."

규현은 캔 커피를 휴지통에 버리며 중얼거렸다.

비밀 엄수를 조건으로 하는 은밀한 사교클럽이니 인터넷에 나와 있을 리가 없었다. 원래 사회적으로 지위가 높은 사람들은 비밀을 좋아하니까.

'일단 가서 결정하자.'

여러 가지 미심적은 점도 있었지만 일단 가서 사교클럽의 실체를 확인하고 가입을 결정하기로 했다.

*　　　　*　　　　*

[모임 일정이 잡혔습니다. 3일 뒤 장소와 자세한 시간을 공지하겠습니다.]

며칠 뒤 기태가 문자메시지를 보냈다.

그리고 다시 3일의 시간이 흘렀고 기태는 자세한 시간과 장소를 문자메시지로 공지했다.

[오후 7시까지 백호호텔로 오시면 됩니다. 프런트에 이름을 말하시면 직원이 안내해 줄 겁니다.]

규현은 오전에 도착한 문자메시지를 오후가 다 돼서야 확인할 수 있었다. 그는 조금 무리해서 맡은 업무를 일찍 끝내고 오피스텔로 돌아가 세미 정장을 갖춰 입었다.

나름 상류층 사교클럽 모임에 참가하는 것이기 때문에 옷을 신경 쓸 필요가 있다고 생각한 것이다.

준비를 끝낸 규현은 차를 타고 백호호텔로 향했다.

백호그룹과 연결되어 있는 백호호텔은 서울에서 워낙 유명했기 때문에 규현도 위치를 잘 알고 있었다. 그래서 처음 가는 곳임에도 불구하고 내비게이션의 도움 없이 무사히 도착할 수 있었다.

"정규현입니다."

"잠시만요."

규현은 기태가 보낸 문자메시지 내용대로 프런트로 이동해서 자신의 이름을 밝혔다. 그러자 프런트의 여직원은 어딘가로 전화를 걸었고 얼마 지나지 않아서 규현의 뒤에 깔끔한 정장 차림의 중년 남성이 나타났다.

"정규현 씨?"

자신을 부르는 부드러운 목소리가 들리는 방향으로 규현은 몸을 돌렸다.

"네, 제가 정규현입니다."

"저를 따라 오시면 됩니다."

중년 남성은 그렇게 말하며 규현은 비상계단 쪽으로 안내했다. 승강기를 지나 비상계단으로 향하며 규현은 두 눈을 가늘게 뜬 상태로 입을 열었다.

"승강기를 이용하지 않는 건가요?"

규현의 물음에 중년 남성의 발걸음이 멈췄다. 그는 고개를 살짝 돌려 규현이 있는 뒤쪽을 보았다.

"저희가 갈 곳은 승강기로는 갈 수 없는 곳입니다."

그렇게 말하며 그는 다시 발걸음을 옮기기 시작했다. 비상계단을 통해 한참을 내려간 두 사람은 어떤 문 앞에 멈춰 섰다.

중년 남성은 문을 가볍게 노크했다.

—용건을 말씀하시지요.

"VIP를 모시고 왔다."

문 옆의 작은 스피커에서 음성이 흘러나오자 중년 남성이 대답했다.

문의 잠금 장치가 해제되면서 문이 열리자 중년 남성이 먼저 안으로 들어갔다. 규현이 쉽게 발걸음을 옮기지 못하자 중년 남성은 규현을 보며 입을 열었다.

"안으로 들어오시지요."

"아… 네."

규현이 발걸음을 옮겼다. 복도를 따라 옆으로 빠지니 넓은 공간이 드러났다.

커다란 파티장을 연상케 하는 구조였고 이미 많은 사람이 모여 있었다.

규현은 눈동자를 이리저리 움직여 그들의 옷차림을 살폈다. 그 결과 차려 입고 나온 게 다행이라고 생각되었다. 모두 옷차림이 고급스러웠기 때문이었다.

"이쪽으로 오시죠."

규현은 중년 남성을 따라 깊숙한 곳으로 들어갔다. 그는 규현을 와인 잔을 들고 있는 두 남자의 앞으로 안내했다.

"도련님, 정규현 씨를 모셔왔습니다."

"수고했어요."

도련님이라고 불린 남자가 와인 잔을 입가로 가져가며 대답하자 중년 남성은 고개를 숙여 보인 뒤 빠른 걸음으로 물러났다.

"반갑습니다, 작가님. 이렇게 직접 얼굴을 보는 건 처음이군요. 이기태라고 합니다."

도련님이라고 불린 남자는 스스로를 이기태라고 소개하며 규현에게 악수를 청하기 위해 손을 내밀었다.

기태는 재벌3세로 백호그룹 후계자였다.

"정규현입니다."

규현은 자신을 소개하며 기태의 손을 잡고 악수를 했다.

"그리고 이쪽은 백호필름의 대표 장석배입니다."

"반갑습니다, 작가님. 장석배라고 합니다."

악수가 끝나기 무섭게 기태는 석배를 규현에게 소개했다.

"생각보다 모임의 규모가 큰 것 같군요."

비밀스러운 모임이라고 들었기 때문에 규모가 작을 것이라고 생각했다. 그런데 직접 와보니 생각보다 규모가 컸다.

"여러 가지로 궁금한 게 많으신 것 같군요. 이야기가 길어질 것 같으니 앉아서 이야기하는 게 좋을 것 같습니다. 이쪽으로 오시죠."

기태는 규현과 석배를 근처의 테이블로 안내했다. 그들이 테이블에 붙어 있는 의자에 앉기 무섭게 웨이터가 달려와 규현의 앞에 잔을 내려놓고 술을 채웠다.

제법 고급스러운 병에 향도 좋은 걸 보니 고급술이 분명했다.

술을 좋아하는 사람이라면 눈치 보지 않고 바로 마셨을지도 모르지만 규현은 술을 그렇게 좋아하는 편도 아니고 신중한 성격이었기 때문에 잔을 쉽게 들어 올리지 않았다.

"술을 별로 좋아하지 않으세요?"

좀처럼 술잔에 손을 가져가지 않는 규현의 모습을 보고 기태가 물었다. 규현은 입가에 희미한 미소를 머금었다.

"뭐 그렇다고 볼 수 있죠. 하지만 마실 줄 모르는 것은 아닙니다."

그렇게 말하며 규현은 술잔을 들어 올려 한 모금 마셨다. 그 모습을 보며 기태는 미소를 지었다.

"그나저나 뭐 하는 사교클럽입니까? 비밀스럽게 운영된다고는 하지만 이제 곧 회원이 된 텐데 어느 정도는 알려줄 수 있지 않습니까?"

서론이 긴 것을 싫어하는 성격답게 서론을 생략하고 바로 본론으로 들어가는 규현의 모습에 기태는 미소를 지으며 입을 열었다.

"알고 싶습니까? 저희 사교클럽에 대해서……."

규현은 고개를 끄덕였고 기태는 술잔을 비웠다. 지나가던 웨이터가 빈 술잔을 발견하고 기태의 의사를 확인한 뒤 다시 술을 채웠다.

"알고 나면 생각보다 별거 없습니다."

"그래도 자세히 알고 싶습니다."

기태의 말에 규현이 대답했다.

기태의 사교클럽에 대해 알고 있는 게 거의 없는 만큼 작은 정보라도 얻고 싶었다.

"우선 저희 모임에 정확한 이름은 없습니다만, 회원님들은 주로 VIP라고 부르는 것 같습니다."

모임 이름이 없다는 데 놀랐지만 그건 중요하지 않았다. 기태는 술을 한 모금 마시고 다시 말을 이어가기 위해 입을 열었다.

"저희 모임의 목적은 간단합니다. 친목 도모죠."

"정말로 그게 전부입니까?"

"물론 전부입니다. 친목을 도모하면 부가적인 것들이 따라오는 법이죠. 헬조선이라고 불리는 이 나라에서 살아가는 건 상당히 힘든 일입니다. 하지만 함께하는 친구가 있다는 건 기쁜 일이죠."

"그렇군요."

기태의 말에 규현은 고개를 끄덕였지만 쉽게 이해가 가진 않았다. 아무리 돈이 많다고 해도 단순히 친목 도모 목적의 클럽에 가입시키기 위해 영화화라는 큰 사업의 지원을 약속할 리가 없었다.

분명 다른 뭔가 원하는 게 있을 것이라 생각한 규현은 경계를 늦추지 않았다. 만약 조금이라도 이상한 낌새가 있으면 다신 오지 않을 생각이었다.

"너무 경계하지 않아도 됩니다. 마약 파티 같은 거 하는 모임은 아니니까요. 그저 건전한 친목 모임이고 호의에 의해 서로를 도울 뿐입니다."

"그렇습니까?"

규현은 시선을 아래로 내린 채 술잔을 흔들었다. 연한 색깔을 띤 술이 고급스러운 디자인의 술잔 안에서 부드럽게 요동쳤다.

"이러지 마세요."

술잔을 입가로 가져가려던 규현은 가까운 곳에서 들리는 익숙한 목소리에 주변을 살폈다. 그리고 얼마 지나지 않아서 멀지 않은 곳에서 어떤 남자와 실랑이를 벌이고 있는 익숙한 얼굴의 여자를 볼 수 있었다.

'지은이?'

늘 볼 수 있었던 정장 차림이나 산뜻한 느낌의 옷이 아닌 투피스 느낌의 고급스러운 옷을 입고 있었지만 그녀가 지은이라는 것을 어렵지 않게 알 수 있었다.

사소한 소란에 주변의 시선이 지은과 알 수 없는 남자에게 집중되었다.

"대한그룹 차녀 이지은 씨와 태산그룹 장남 최인한이네요. 두 사람은 만나기만 하면 저러니 신경 쓰실 필요 없습니다."

기태가 신경 쓸 필요 없다는 투로 말했다.

태산그룹의 장남 최인한은 대한그룹의 차녀 이지은을 짝사랑하고 있었는데, 그녀가 모임에 참석할 때마다 마구 들이대고 있었다. 그래서 지은은 정말 꼭 참가해야 하는 날을 제외하면 모임 참석을 피해왔다.

"대한그룹이요?"

"예. 상당히 아름다우시죠. 그래서 그녀를 노리는 분이 많지만 대한그룹이라는 방패 때문에 한국 3대 기업 후계자 정도는 돼야 들이델 수 있답니다."

한국의 3대 그룹은 대한, 태산, 백호였다. 백호그룹의 후계자인 기태는 지은에게 관심이 없는 것 같으니, 사실상 태산그룹의 후계자만 그녀에게 들이대고 있다고 볼 수 있었다.

"전혀 몰랐는데……."

"전혀 모를 수밖에 없죠. 장녀인 이지혜 씨는 매스컴에 노출되었지만 대한그룹 쪽에서 차녀는 철저히 언론에 노출시키지 않았으니까요."

규현의 혼잣말을 들은 기태가 설명했다.

"제가 무슨 짓을 한답니까? 그냥 이야기나 하자는 거죠."

그때 인한의 목소리가 들렸고 규현은 눈살을 찌푸렸다.

지은은 곤란해하는 표정으로 그에게서 벗어나려 했지만 인한은 그녀를 놓아주지 않았다. 마치 보이지 않는 몸싸움이 벌어지고 있는 것 같았다.

"말리지 않아도 되는 겁니까?"

직접적으로 몸싸움을 벌이고 있진 않았지만 분위기가 좋진 않았다. 인한이 그녀를 압박하고 있는 듯했고 지은의 표정은 좋지 않았다.

"저희는 다른 회원이 하는 일을 방해하지 않는 게 원칙입니다. 작가님도 신경 끄시는 게 좋습니다."

기태는 부드럽게 말했지만 그 속엔 날카로운 칼날이 숨어 있었다.

"잠시만 실례하겠습니다."

"정규현 작가님?"

지은이 곤란해하는 모습을 더 이상 지켜볼 수 없었던 규현은 기태의 만류에도 불구하고 의자에서 일어나 지은과 인한이 있는 곳으로 다급하게 발걸음을 옮겼다.

더 이상 참지 못하고 자리를 이탈하려는 지은의 손을 잡기 위해 인한이 손을 내밀었고 규현은 빠르게 접근해서 그의 손을 잡았다.

"이쯤 하시는 게 좋을 것 같습니다."

"뭐야?"

규현은 차분한 목소리로 말했지만 인한은 불쾌해하는 기색이 역력했다. 규현이 그의 손을 놓아주자 인한은 마치 규현이 강하게 손을 잡아챈 것처럼 손목을 주무르는 제스처를 취하며 뒤로 한 걸음 물러났다.

"너 누구야? 처음 보는 얼굴인데……?"

인한은 규현이 처음 보는 얼굴이라는 것을 깨닫고 눈살을 찌푸렸다. 창립 멤버가 아니면 자신보다 별 볼 일 없는 사람이었기 때문에 최소한의 예의도 지키지 않았다.

"괜찮아?"

규현은 인한의 말을 무시하고 고개를 살짝 뒤로 돌려 지은을 보며 물었다. 지은은 대답 대신 고개를 끄덕였다. 그녀의 눈동자에는 여러 복잡한 감정이 섞여 있었다.

아마도 비밀로 하고 있던 게 들켜서 그런 것 같았다.

"무슨 사정이 있는지는 모르겠지만 나중에 설명해 줘도 돼."

규현은 그렇게 말하며 지은을 안심시키기 위한 미소를 입가에 머금었다.

규현의 미소에 지은도 생각이 조금 정리되고 마음이 놓이는지 표정이 한결 편안해졌지만 두 사람의 훈훈한 분위기를 참지 못하는 사람이 한 명 있었다. 바로 태산그룹 후계자 최인한이었다.

"넌 뭔데 끼어드는 거야? 남자 친구라도 되냐?"

그의 말에 규현은 말없이 지은과 인한을 번갈아 보았다. 그리고 복잡했던 생각을 정리한 후 차분하게 입을 열었다.

"네. 제가 그녀의 남자 친구입니다."

규현의 대답에 인한은 상당히 충격받은 모양이었다. 지은은 남자 친구가 없었기 때문에 아마 인한에게도 남자 친구가 없다고 했을 것이다. 그렇다 보니 갑자기 남자 친구라고 주장하는 남자가 등장하자 당황할 수밖에 없었다.

"사실이에요, 지은 씨?"

인한은 처음 보는 규현의 말을 믿을 수가 없었다. 그래서 규현의 등 뒤에 숨어 있는 지은을 향해 되물었다.

"네. 제 남자 친구입니다."

인한은 허탈한 듯 웃음을 흘렸다. 지은이 그렇게 대답한 이상 그가 할 수 있는 건 없었다.

"이지은 씨? 정규현 작가님과 정말 연인 사이가 맞습니까?"

뒤늦게 현장에 합류한 기태가 사실 확인을 위해 지은에게 질문했다.

지은의 눈동자가 불안하게 떨렸다. 규현은 그녀가 안심할 수 있도록 미소를 지어 보이며 고개를 끄덕였고, 규현을 보며 힘을 얻은 지은은 침착함을 되찾고 차분하게 입을 열었다.

"네, 제 연인이 맞아요."

"그렇군요."

지은의 대답에 기태는 고개를 끄덕였다. 인한의 시선이 기태에게 향했다. 인정할 수 없다는 표정이었다.

"형님! 이대로 넘어갈 겁니까? 거짓말일 수도 있지 않습니까?"

인한이 항의했다. 충분히 가능성 있는 이야기였다.

"잠깐만 기다려 봐."

기태는 우선 인한을 진정시켰다. 그리고 규현과 지은을 향해 시선을 옮겼다. 그는 입꼬리를 끌어 올려 비웃음에 가까운 웃음을 흘렸다.

"지은 씨, 정말로 정규현 작가님이 연인이라면 축하드릴 일이네요. 이 기쁜 일을 대한그룹 회장님께 전해드려도 되겠습니까?"

기태의 말에 지은의 얼굴이 창백해졌다. 이건 어떤 대답을 해도 두 사람이 곤란해지기 때문이었다.

말하지 말라고 하면 남자 친구가 아니라는 것을 시인하거나 떳떳하지 못한 사이라는 것을 말하는 것과 같았고 말하라고 하면 규현의 존재를 대한그룹 회장이자 그녀의 아버지인 태식이 알게 된다. 그러면 규현과의 연결 고리가 끊어질 수도 있는 일이었다.

"네, 말씀하세요."

생각이 복잡한 지은과 다르게 규현은 시원하게 대답했다.

"그럼 정말 그렇게 말씀드리겠습니다."

기태는 사악하게 웃으며 스마트폰을 들어 올렸다.

"저흰 먼저 가보겠습니다."

싸늘한 목소리로 대답한 규현은 지은의 손을 잡고 파티장을 벗어나기 위해 서둘러 발걸음을 옮겼다.

드라마를 보면 보통 이런 경우 경호원들이나 직원들이 앞을 가로막곤 했는데, 지은이 대한그룹의 차녀라서 그런지는 모르겠지만 두 사람의 앞을 막는 이는 아무도 없었다. 덕분에 둘은 어렵지 않게 호텔을 벗어날 수 있었다.

"이쪽으로."

규현은 지은을 자신의 차로 이끌었다.

운전기사인 정재가 주변에서 대기하고 있었지만 그녀는 말없이 규현을 따라 그의 차가 있는 곳으로 향했다.

지은을 조수석에 태운 규현은 자신도 운전석에 탑승했지만 시동을 걸지 않고 말없이 운전대만 잡았다.

"죄송해요."

왠지 모르게 느껴지는 불편한 분위기에 지은이 먼저 죄송하다는 말을 하는 것으로 길게 이어지고 있던 침묵을 깼다.

수많은 차가 주차되어 있는 차창으로 향했던 규현의 시선이 조수석에 앉아 있는 지은에게 향했다.

"뭐가 미안하다는 거야?"

"거짓말한 거 말이에요."

규현의 물음에 지은은 대답과 함께 죄책감에 고개를 푹 숙였다.

지금 그녀의 마음은 여러 가지 복잡한 생각 때문에 혼란스러웠다.

그중에서도 규현과의 관계가 이제 어떻게 될지 모른다는 걱정이 가장 앞서고 있었다.

당장 기태가 가만히 있지 않을 것이다.

그는 인한에 비해서는 괜찮은 사람이었지만 팔은 안으로 굽는 법이다.

아마 빠른 시간 내에 태식에게 연락해서 규현의 존재에 대해 말할 것이고 그럼 태식은 두 사람의 관계 정리에 들어갈 것이다.

"미안해할 거 없어. 사정이 있었을 테고 나쁜 의도는 없었을 테니까… 그렇지?"

부드럽게 속삭이는 규현의 목소리에 지은은 몸을 살짝 떨었다. 이제는 다시 만나지 못할지도 모른다는 생각에 그 달콤한 목소리가 날카로운 가시가 되어 가슴을 찔렀다.

"오빠……."

규현을 보는 그녀의 눈동자에 눈물이 맺혀 있었다.

"왜 울어?"

규현은 지은의 눈가에 맺힌 눈물을 부드럽게 닦아내며 물었다. 그는 그녀가 울고 있는 이유를 쉽게 추측하기 힘들었다.

"이제 오빠를 보지 못할 수도 있다고 생각하니까 너무 힘들어요."

규현이 닦아냈지만 다시 맺힌 눈물방울이 지은의 하얀 뺨을 타고 흘러내렸다.

목소리는 조금 떨릴 뿐 비교적 차분했으나 눈물을 쉼 없이 흘리는 그녀의 모습에 규현은 조금 당황할 수밖에 없었다.

"나한테 숨긴 거 때문이면 신경 쓸 필요 없어."

규현은 지은이 울고 있는 이유가 자신에게 몇 가지 사실을 숨긴 거 때문이라고 생각하고 있었다.

간헐적으로 몸을 떨며 눈물을 흘리는 지은을 규현은 그저 지켜볼 수밖에 없었다. 그가 어떤 말을 해줘도 그녀의 눈물을 멈추지는 못했다.

"오빠……."

한참을 울던 그녀는 간신히 자신을 진정시키고 규현을 보며 차분한 목소리로 그를 불렀다. 잠시 정면을 향했던 그의 시선이 지은에게 다시 향했다.

"방금 전에 했던 말, 진심이에요?"

헤어질 수밖에 없다면 마지막으로 규현의 마음을 확인하고 싶었다.

그의 행동이 그저 한 순간을 모면하기 위한 게 아닌 진심이었다면 다시 만나지 못하더라도 조금이나마 위로가 될 수 있을 것 같았다.

지은의 물음에 규현은 쉽게 대답할 수 없었다.

그 또한 혼란스러운 것은 마찬가지였고 아직 그녀에 대한 감정이 어떤 것이냐에 대해 판단이 서지 않았다.

확실하지 않은 상황에서 섣부르게 말했다가는 지은에게 상처를 줄 게 뻔하니 신중할 수밖에 없었다.

"글쎄다. 조금 생각할 시간이 필요할 것 같은데……."

규현은 지은의 물음에 당장 대답하는 대신 그녀의 시선을 피해 정면을 보았다. 호텔에서 나온 커플 한 쌍이 어딘가로 이동하고 있었다.

정면으로 시선을 돌리자마자 보인 게 커플의 모습이라 규현은 묘한 감정의 변화를 느꼈다.

규현의 시선이 한참 동안 정면을 향하다가 다시 지은에게 향했다.

두 사람은 서로를 마주 보며 시선을 교환했다.

알 수 없는 감정의 기류가 규현과 지은을 덮쳤고 차 내부에는 묘한 분위기가 흘렀다.

그녀와 시선을 마주하며 생각을 정리한 규현이 마침내 입을 열었다.

"진심이야."

"고마워요. 방금 오빠가 한 말이 거짓말이라도 저는 행복해요."

지은은 소매로 눈물 자국을 지운 뒤 규현을 향해 슬픈 미소를 보이고는 조수석에서 내렸다.

언제 연락을 했는지 모르겠지만 그녀의 운전기사인 정재가 차를 몰고 그녀의 앞에 나타났다.

규현이 운전석에서 내렸을 땐 이미 그녀가 정재의 차 뒷좌석에 탑승한 뒤였다.

"지은아!"

규현이 그녀의 이름을 불렀을 땐 이미 정재의 차는 멀어지고 있었다. 점차 멀어지는 차량의 뒷모습을 보며 규현은 복잡한 심경에 한숨만 내쉴 뿐이었다.

*   *   *

"도련님, 최인한 본부장님이 찾아오셨습니다."

"문 열어줘."

집사가 다가와 테라스에 서 있는 기태를 향해 보고했다.

테라스에서 바로 내려다보이는 정원에서 시선을 떼지 않은 채 그는 문을 열어줄 것을 집사에게 지시했다.

"예."

집사는 대답과 함께 어딘가로 전화를 걸어 대문을 열 것을 지시했고 얼마 지나지 않아서 태산그룹의 최인한이 기태의 방으로 걸어 들어왔다.

"형님!"

"몸은 좀 괜찮니?"

"몸은 괜찮습니다."

기태는 우선 인한의 몸 상태를 물었다. 그는 전날의 충격으로 다소 과음을 했다. 그래서 몸 상태가 좋지 않을 것이라 생각했지만 목소리를 들어보니 생각보다 괜찮은 것 같아서 안심이었다.

"이태식 회장님에게 말씀은 드린 겁니까?"

인한의 말에 기태의 시선이 그에게 향했다. 지은의 옆에 붙어 있는 규현에 대한 것을 말했냐고 묻고 있는 것이다.

"아니, 아직 말하지 않았어."

기태는 고개를 저었다. 말할 생각이 없는 게 아니었다. 말할 생각은 있었지만 잠시 머릿속을 정리하느라 유예한 것이다.

신중한 기태의 성격을 잘 알고 있는 인한은 재촉하지 않았다.

"이제 말할 생각이죠?"

"글쎄다. 조금 생각을 해봐야겠는데……."

"형님!"

예상과는 다른 기태의 대답에 인한의 언성이 높아졌다. 잠시 정원을 향하던 기태의 시선이 인한에게 향했다.

"거짓말이 아닐 수도 있잖아. 그러면 정규현 작가는 '규칙'을 어긴 게 아니야."

기태가 운영하는 사교클럽에는 아주 중요한 규칙이 있었다. 바로 서로 돕는 것은 좋으나 다른 회원의 일을 방해하지 않는 것이다.

정규현 작가가 거짓말을 했다면 어제 그의 행동은 인한을 방해하는 게 되기 때문에 규칙을 어기는 게 되지만 거짓말을 한 게 아니라면 아무런 문제가 없었다.

규현과 지은이 원래부터 연인이었다면 그가 지은에게 수작을 부리는 듯한 모습을 보였던 인한을 막아서는 건 당연한 행동이니까.

"거짓말일 겁니다. 지은이에게 남자 친구가 있을 리가 없어요. 이 회장님이 철저하게 관리하고 있지 않습니까?"

대한그룹 회장 이태식에게는 아들이 없고 딸만 2명이었기 때문에 필연적으로 두 딸 중 한 명, 또는 두 딸 중 한 명과 결혼하는 남자가 대한그룹을 경영할 수밖에 없었다.

어떤 경우든 남자의 역할은 중요하기 때문에 태식은 지혜와 지은의 연애 노선에 깊게 관여하고 통제하고 있었다.

"그렇긴 하지."

"정식으로 교제하고 있을 확률은 낮다고 생각합니다."

"하지만 정규현 작가가 그녀의 남자 친구라고 선언했을 때, 지은 씨는 불쾌한 기색 없이 맞다고 대답했지. 이것을 보면 서로 마음이 있다고 생각할 수밖에 없어."

"하지만 이 회장님의 허락을 받진 않았을 겁니다. 이제 이 회장님께 전화를 해서 그 작가 놈의 존재를 알리면 되는 겁니다."

"이야기가 길어질 것 같군. 일단 앉지."

"네."

기태와 인한이 소파에 앉자 고용인이 차를 내왔다.

"정규현 작가는 그때 갑자기 나가는 바람에 회원이 되지 않았지만 지은 씨는 여전히 회원이야. 우리는 회원의 일을 절대로 방해하지 않는 것을 규칙으로 하고 있어."

"형님! 지은이를 방해하자는 게 아닙니다. 그녀에게 달라붙는 날 파리를 쳐내자는 말입니다. 형님의 말씀대로 정규현 작가는 회원도 아니지 않습니까?"

기태가 다시 강조했지만 인한의 귀에는 전혀 들리지 않는 것 같았다.

"분명 그렇긴 하지……."

인한의 말에 기태는 눈살을 찌푸리며 찻잔을 입가로 가져
갔다. 궤변이라고 할 수도 있지만 그의 말이 틀린 것은 아니었
다.

"이 문제는 해석에 따라 다르게 볼 수 있습니다. 그리고 팔
은 안으로 굽는다고 했습니다. 다른 회원들도 우리를 이해해
줄 겁니다."

"그럴 수도 있지."

기태는 대답했지만 확답을 하진 않았다. 그는 아직도 신중
한 태도를 고수하고 있었고 그 모습에 인한은 다소 답답한 감
정을 느꼈다. 내색하지 않으려 노력했지만 기태는 인한의 얼굴
에서 속내를 어렵지 않게 읽어낼 수 있었다.

"그는 모임 중간에 이탈했습니다. 특별한 말도 없이요. 이건
저희를 무시한 것과 다름없고 상당히 무례한 행동이라고 저
는 생각합니다. 아니, 이 일을 알리면 다른 회원들의 생각도
저와 크게 다르지 않을 겁니다."

기태는 빈 찻잔을 내려놓았다.

인한은 억지를 부리고 있었지만 잘 끼워 맞추면 훌륭한 명
분이 될 수도 있었다. 그것을 잘 알고 있기 때문에 기태는 차
분하게 규현과 인한을 두고 저울질했다.

"그럴 수도 있지만 속이 좁다고 생각할 수도 있지."

"형님!"

기태의 대답에 인한이 언성을 높였다.

기태도 우선 그렇게 말하긴 했지만 그는 잘 알고 있었다. 현재 그의 사교클럽을 구성하는 회원들의 연령대는 한창 혈기 왕성할 때라는 것을 말이다. 그래서 작은 자극에도 크게 반응할 수 있다는 것을 잘 알고 있었다.

"일단 이 문제는 차근차근 생각해 보도록 하자."

56장

승부수

　업계에서 승승장구하고 있는 가람을 유난히 좋지 않게 보는 곳이 있었는데 바로 가람과 가장 치열한 경쟁을 벌이고 있는 문학 왕국과 북페이지였다.

　무서운 기세로 업계 상위권을 향해 전진하는 가람을 저지하고 어려운 시국을 타파하기 위해 문학 왕국과 북페이지의 직원들은 만남을 가지기로 했다.

　회의 장소로 결정된 곳은 북페이지 회의실이었기 때문에 당연히 북페이지 측 인원이 먼저 앉아서 문학 왕국 측 인원을 기다리고 있었다.

"왜 이렇게 늦는 걸까요? 유 팀장, 문학 왕국 서 팀장에게
전화라도 해보세요."

북페이지 편집기획실장 정도윤이 눈살을 찌푸린 채 시계를
검지로 톡톡 두드리며 말했다. 기획팀장 유상혁은 서둘러 시
간을 확인했다.

"실장님, 저희가 일찍 와서 그렇지 사실은 약속 시간까지 10분
정도 남았습니다."

상혁의 말에 도윤은 스마트폰 메모장에 저장한 약속 시간
을 확인하고 다시 시계를 바라보았다. 그리고 상혁의 말대로
약속 시간까지 10분 정도 남아 있다는 것을 알게 된 그는 멋
쩍은 듯 볼을 긁적이며 헛기침을 했다.

"슬슬 시간이 된 것 같아요."

북페이지 편집팀장 설하연이 시간을 확인하고 작은 목소리
로 중얼거렸다. 그녀의 말에 도윤과 상혁도 시간을 확인했는
데 그녀의 말대로 약속 시간이 되었다.

똑똑.

약속 시간이 된 것을 세 사람이 확인하기 무섭게 누군가
가볍게 노크했다.

문 옆에 서 있던 직원이 서둘러 문을 열었고 정장을 갖춰
입은 직원 3명이 회의실 안으로 걸어 들어왔다. 원래 정장을
입고 출근하진 않았지만 아무래도 제법 중요한 자리다 보니

갖춰 입은 것 같았다.

"도로 사정이 상당히 좋지 않아서 하마터면 늦을 뻔했습니다, 하하하."

문학 왕국 편집기획부장 강형석이 너스레를 떨며 도윤의 앞으로 발걸음을 옮겼다. 도윤과 북페이지 직원들은 이미 일어나서 문학 왕국 직원들을 맞이하고 있었다.

서로의 앞에 선 여섯 사람은 각자 앞에 있는 사람과 악수를 나누며 자신에 대해 소개한 뒤, 의자에 앉았다.

"직접 보는 건 처음이군요."

직원이 커피가 담긴 종이컵 여섯 잔을 가지고 와 회의실 테이블 위에 올려놓고 있을 때 도윤이 먼저 말문을 열었다. 그의 앞에 앉은 형석은 입가에 미소를 그리며 고개를 끄덕였다.

"네. 아무래도 담당은 부하 직원들이 맡았으니, 저희는 움직일 필요가 없었죠."

문학 왕국과 북페이지는 긴밀한 협력 관계를 유지하고 있었기 때문에 자주 교류했지만 주로 움직이는 이들은 팀장급이었기 때문에 부서장인 도윤과 형석은 가끔 전화 통화만 할 뿐마주칠 일이 거의 없었다.

"오늘 회의를 요청한 이유는 무엇입니까?"

형석이 도윤을 보며 말했다. 회의를 요청하고 장소를 제공한 쪽은 북페이지였다.

"얼마 전에 가람북이 연재란을 만든 것을 확인하셨죠?"

"네. 일단은 확인했습니다. 그것 때문에 회의를 요청하신 것 같은데 저희도 가람북의 최근 움직임에 대해선 심각하게 판단하고 있습니다."

도윤의 말에 형석이 고개를 끄덕이며 대답했다.

"이것으로 문학 왕국은 사실상 독점하고 있던 신인 등용문을 잃어버린 것이나 다름없습니다."

도윤의 지적에 문학 왕국 측 사람들의 표정이 급격하게 어두워졌다. 수많은 연재 사이트 중에서 활성화되어 제대로 운영되고 있는 곳은 문학 왕국이 거의 유일했다. 그래서 출판사 및 매니지먼트 활동 제한이 크게 효과를 발휘할 수 있었다.

연재란은 일종의 신인 등용문의 가치를 가지고 있기 때문에 가장 활성화된 연재란을 가지고 있는 문학 왕국은 신인 작가 영입에 있어서 지금까지 꽤 우위를 점하고 있었다.

게다가 최근 출판사 및 매니지먼트 활동 제한이 걸리면서 문학 왕국은 더욱 높은 곳으로 올라갔다.

북페이지가 문학 왕국과 독점 제휴 계약을 체결한 이유도 안정적으로 신인 작가를 공급받기 위해서였다.

"거대 연재 사이트의 등장은 문학 왕국에게 치명적이라고 생각됩니다만… 대책은 마련하셨는지 궁금하군요."

도윤이 커피를 한 모금 마시며 말했다.

등용문이 좁은 이북 플랫폼과 다르게 연재 사이트 문학 왕국은 신인 등용문이 넓었기 때문에 많은 신인이 그곳에서 연재를 하고 있었다.

문학 왕국과 비교할 수 있을 만한 다른 거대 연재 사이트가 없었기 때문에 더욱 신인들이 몰린 것이지만 유감스럽게도 이제 가람북이 연재란을 시작하면서 사실상 문학 왕국의 독점을 풀렸다고 볼 수 있었다.

"너무 걱정할 필요 없습니다. 저희는 가람북의 연재 서비스가 오래가지 못할 것이라고 생각하고 있습니다."

마치 아랫사람 대하는 듯한 도윤의 태도에 문학 왕국 편집 기획부장 강형석은 눈살을 찌푸렸다.

"가람북의 연재 서비스가 오래가지 못할 것이라는 말입니까?"

"저희는 그렇게 예상하고 있습니다."

"근거는 있습니까?"

"근거는……."

도윤의 물음에 형석은 쉽게 말을 잇지 못했다. 근거라고 해 봤자 그의 주관적인 의견이 전부였기 때문이었다.

동석한 문학 왕국 기획팀장 서장훈과 편집팀장 한예나도 마음 같아선 상사를 돕고 싶었지만 어두운 표정으로 좀처럼 입을 열지 못했다.

"가람북의 연재 서비스가 길게 가지 않을 것이라는 것은 막연한 희망에 가깝다는 생각이 드네요."

도윤의 말에 문학 왕국 측 직원들은 아무런 말도 하지 못했다. 어느 정도 사실이었기 때문이었다.

"하여튼 지금 상황에서 확실한 것은 대책이 사실상 없다는 것이지요?"

"그건 아닙니다."

도윤의 말을 형석은 부정했다.

"그렇게 말씀하시는 것은 대책을 생각하셨다는 겁니까?"

도윤이 호기심 어린 눈동자로 그를 보았다. 문학 왕국에서 대책을 준비했다는 것이 믿기지 않는다는 얼굴이었지만 형석은 비교적 자신만만한 표정으로 입을 열었다.

"예. 대책을 확보한 상태입니다."

"그 대책이 무엇인지 여쭤도 되겠습니까? 저희도 알아야 한다고 생각합니다."

도윤이 질문했다. 문학 왕국과 긴밀한 관계를 유지하고 있는 북페이지 입장에선 그들의 대책을 미리 알고 있을 필요가 있었다.

"연재 서비스를 시작한 가람북을 견제하기 위해 저희 문학 왕국에선 연재되는 모든 작품에 독점을 강요할 생각입니다."

"이미 독점이 아니면 문학 왕국에 작품을 등록하지 못하는 거 아니었습니까?"

도윤이 물었다. 이미 출판사 및 매니지먼트들은 그것 때문에 문학 왕국에서 완전히 철수하거나 문학 왕국 공식 출판사나 매니지먼트로 등록하는 절차를 밟고 있었다.

"출판사나 매니지먼트들의 활동을 제한하면서 사실상 계약한 작품들의 독점화는 이루어졌다고 볼 수 있습니다. 하지만 계약하지 않은 작품들은 자유롭게 여러 연재 사이트에 연재될 수 있도록 하였지요."

형석이 설명했다.

문학 왕국은 출판사 및 매니지먼트와 계약하지 않아도 작가들이 자유롭게 글을 쓸 수 있었다. 그래서 신인 등용문이라고 불리는 것이었고 문학 왕국에 업로드되는 작품들은 다른 연재 사이트에도 연재할 수 있었다.

물론 독점 시스템이라는 게 있어서 다른 연재 사이트에 연재되지 않고 문학 왕국에만 독점적으로 연재되는 작품에는 사소한 혜택이 있지만 말 그대로 사소한 혜택이 불과했다.

"그렇다면 문학 왕국의 모든 작품을 다른 연재 사이트에 연재할 수 없게 한다는 말씀이신가요?"

도윤의 말에 형석은 고개를 끄덕이며 대답했다.

"그렇습니다. 단순한 독점 혜택 강화가 아니라 독점만 연재가 가능하게 만들겠다는 말입니다."

"의도는 대충 알 것 같습니다. 아마 문학 왕국과 가람북에 동시 연재를 하려는 작가들을 단속하겠다는 것 같은데… 자첫 잘못하면 역효과가 날 수도 있습니다."

"아마 그럴 일은 없을 겁니다. 이미 저희 문학 왕국은 연재 사이트로서의 기능이 완벽하고 독보적인 입지를 구축하고 있습니다. 만약 연재 사이트를 선택해야 하는 순간이 온다면 작가들은 가람북이 아닌, 저희 문학 왕국을 선택할 것입니다."

도윤이 우려를 표했지만 형석은 주의 깊게 듣지 않았다. 그는 자신감이 넘쳤다. 그 모습을 본 도윤은 속으로 한숨을 내쉬었다.

형석의 말대로 되는 것은 그야말로 최상의 시나리오였다. 하지만 만약 역풍이 분다면 상황은 심각해진다.

문학 왕국과 가람북의 입장이 반전될 수가 있다는 말이었다.

간단하게 설명하자면 동시 연재를 막게 되면 필연적으로 더 좋은 서비스를 제공하고 계약 가능성이 높은 곳으로 작가들이 이동하게 될 것인데, 그들이 향할 곳이 문학 왕국이 아니라 가람북이 될 수도 있다는 말이었다.

'틀렸어. 역풍은 전혀 생각하지 않고 있군.'

도윤은 고개를 살짝 저었다.

지금 형석은 근원을 알 수 없는 자신감에 취해 실패는 전혀 생각하지 않고 있었다. 지금 문학 왕국의 계획은 모 아니면 도였기 때문에 성공한다면 크게 성공하겠지만 실패할 경우 지금까지 이룬 모든 것을 잃을 수도 있었다.

"그렇다면 작가들이 모이도록 어떤 방법을 이용해 문학 왕국을 어필할 생각입니까? 혹시 단순히 문학 왕국이 현재 연재 사이트 중에 최고이기 때문에 다들 모일 것이라 생각하는 건 아니죠?"

도윤은 확인하듯 물었다. 만약 그의 말대로 아무런 차선이 준비되어 있지 않다면 정말로 심각했다.

"그렇지 않아도 지금 말씀드리려고 했습니다."

"그렇다면 다행이군요. 어서 말씀해 보세요."

문학 왕국 편집기획부장 강형석은 입가에 미소를 머금으며 대답했다. 그 모습에 도윤은 안도했다. 다행히 형석도 생각이 전혀 없는 멍청이는 아닌 것 같았다.

"저희 문학 왕국은 종이책 사업을 생각 중입니다."

"종이책 출간 사업을 말씀하시는 겁니까?"

"네, 그렇습니다."

형석은 고개를 끄덕였고 도윤은 의자 등받이에 몸을 살짝 기대고 생각에 잠겼다. 현재 문학 왕국과 북페이지의 자체 매니지먼트의 계약 조건은 상당히 좋았지만 유일하게 불가능한 게 자체 종이책 출간이었다.

위탁 형식으로 소속 작가들의 작품을 종이책으로 출간하고 있긴 하지만 아주 극소수의 작품들만 혜택을 보고 있었다.

자체적으로 종이책 출간 사업을 진행한다면 모든 작품은 무리겠지만 위탁 형식으로 진행할 때에 비해선 더 많은 작품들이 혜택을 볼 것이다.

"종이책은 작가들의 로망입니다. 기성 작가들은 종이책의 함정에 대해 잘 알고 있겠지만 잘 모르는 신인 작가들은 종이책을 출간해 준다는 사실 하나만으로 가람북이 아닌 문학 왕국을 선택할 겁니다. 아직 출판사들에 비해 저희 연재 사이트가 접근성이 더 편리하기 때문에 반드시 올 겁니다."

신인이든 기성이든 종이책 출간 계약을 하게 되면 전자책 정산 비율이 다소 조정된다.

종이책은 보장 부수가 있기 때문에 보통의 경우 안정적으로 출간을 진행할 수 있지만 대박을 터뜨리게 되면 출판사 측이 막대한 이익을 보고 작가는 전자책만을 출간했을 때에 비해 다소 피해를 입게 되기 때문에 기성 작가들보단 신인 작가들에게 통하는 유인책이었다.

"확실히 종이책 출간 사업 진행은 좋은 방법이긴 하지만 자금이 많이 들어갈 텐데요?"

"네. 분명 그렇겠죠. 저희 문학 왕국만으로는 다소 힘든 점이 있습니다. 그래서 북페이지에 이렇게 협업을 제안하는 것입니다."

형석의 말에 도윤은 턱을 긁적였다. 그는 커피를 한 모금 마시며 생각을 정리했다.

"일단 대표님께 보고하겠습니다. 문학 왕국 측에서는 예정대로 움직여주시지요."

"알겠습니다."

형석의 입가에 미소가 번졌다.

6월이 오고 있었다.

규현은 정도현 작가의 대마법사의 왕국과 장서진 작가의 대영주 다이크의 종이책 출간이 문제없이 진행되고 있는지 확인하기 위해 제이엔 미디어에 전화를 걸었다.

ㅡ최재성입니다.

전화를 받은 사람은 편집팀장의 이직으로 인해 기획팀에서 편집팀으로 소속을 옮긴 최재성 편집팀장이었다.

"정도현 작가와 장서진 작가의 작품들 종이책 출간은 어떻게 진행되고 있습니까?"

규현이 물었다.

현재 가람은 자체적인 종이책 출간을 진행할 수 있는 시스템이 갖춰 있지 않기 때문에 출판사인 제이엔 미디어에서 공모전 당선작들의 종이책 출간을 맡고 있었다.

─지금 저희 편집팀이 최종 검토를 하고 있습니다.

가람에서 '대영주 다이크'와 '대마법사의 왕국'을 편집하긴 했지만 종이책은 한 번 출간되면 수정하기 힘들기 때문에 마지막으로 한 번 더 검토할 필요가 있었다.

"최종 검토면 곧 출간을 진행하겠네요?"

─네. 아마도 다음 주에는 1권과 2권이 전국 대여점에 깔릴 겁니다.

재성은 확신했다. 가람에서 편집 작업을 신경 쓴 덕분에 검토 외에는 추가 작업이 필요 없었다. 이대로 큰 문제가 발견되지 않는다면 다음 주에는 장서진 작가와 정도현 작가의 작품이 종이책으로 출간될 수 있을 것이다.

"1, 2권 각각 2,500부 확실하죠?"

규현이 출간을 앞두고 마지막으로 발행 부수를 확인했다.

─네. 그런데 2,000부면 충분하지 않겠습니까? 요즘 출판사 대부분이 많이 뽑아도 1, 2권은 2,000부예요. 그리고 2,000부 뽑아도 다 안 팔리는 경우가 많아요.

재성이 우려를 표했다.

그의 말은 틀리지 않았다. 요즘은 스마트폰의 발전으로 인해 전자책 시장이 활성화되면서 그에 비해 종이책 시장이 많이 죽었다. 그래서 종이책을 주력으로 하던 출판사들도 전자책을 주력으로 삼고 종이책 사업은 신인 작가 영입 및 기성 작가 챙겨주기 용도로 변질되어 버렸다.

종이책 출간은 수익이 거의 발생하지 않기 때문에 요즘 출판사 측에선 최대한 적은 양을 찍어내려 하지만 그래도 너무 적은 양을 찍어내면 작가들 보기에도 좋지 않기 때문에 1, 2권 최소 1,500부는 찍고 있는 추세였고 보통 2,000부를 찍었다.

2,500부를 찍는 경우는 정말 확신이 있는 경우를 제외하곤 드물었다.

"2,500부 그대로 진행해 주세요."

장서진 작가의 '대영주 다이크'는 국내 흥행 스탯이 높기 때문에 종이책 성적도 나쁘지 않을 것이라 생각되었다.

문제는 정도현 작가의 '대마법사의 왕국'이었는데, 수익을 올리는 게 목적이 아니니 크게 상관없었다.

모든 일에는 투자가 필요하니 이것도 투자라고 생각하면 마음이 편했다.

―그럼 그렇게 진행하겠습니다.

"잘 부탁드립니다."

할 말이 끝났기 때문에 규현은 재성과의 전화 통화를 끊고 스마트폰을 주머니에 집어넣었다. 그리고 회의실을 나와 자신의 책상에 앉아 문서 작성 프로그램을 켰다.

'정리될 건 정리되었고 이제 차기작만 어떻게 잘 쓰면 되려나……'

MMORPG 제작도 규현이 관여하는 스토리 부분은 어느 정도 안정화되었고 공모전은 사실상 가람이 승리했다.

북페이지와 문학 왕국의 공모전 당선작들은 문학 왕국에서 연재 형식으로, 북페이지에서 이북 형식으로 공개되었고 규현은 스탯을 확인할 수 있었다.

확인 결과 상금 규모에 비해 당선작들의 스탯이 상당히 낮았다. 이것은 수준 높은 작가들이 가람 공모전에 집중되었다는 것을 의미했다.

규현에게는 문학 왕국, 그리고 북페이지와의 경쟁에서 이긴 것으로 볼 수 있었다.

'생각보다 쉽지 않네.'

차기작은 규현이 생각했던 것만큼 쉽지 않았다. 지금까지 쉬지 않고 달려와서 그런지 마치 뇌에 과부하가 걸린 느낌이었다.

한계에 도달할 것 같은 느낌에 며칠 쉬긴 했지만 변한 것은 없었다. 그렇다고 해서 너무 긴 시간을 쉴 수는 없었다.

가람이 많이 성장했다고는 하지만 아직까지 규현의 자리는 컸다.

1세대 작가를 대거 영입한 북페이지와 문학 왕국과 경쟁하기 위해선 조금 더 경쟁력이 필했다.

경쟁력을 확보하기 위해선 규현의 활동이 매우 중요했다.

"메일이나 확인해야겠다."

한참을 노트북 키보드 위에서 손가락을 움직여 뭔가를 쓰고 지우고를 반복하던 규현은 도저히 글이 나오지 않자 메일을 확인해야겠다는 변명에 가까운 혼잣말과 함께 인터넷을 켜서 메일함을 확인했다.

마침 메일함에 새로운 메일이 몇 통 도착해 있었다.

"형, 뭐하세요?"

"메일 확인."

지나가며 호기심을 보이는 상현의 말에 화면에서 눈을 떼지 않은 채 대답한 규현은 확인할 필요도 없는 스팸 메일 등을 삭제했다.

메일함을 간단하게 정리하니 뉴욕 북스에서 보낸 메일 하나를 발견할 수 있었다.

규현은 마우스를 움직여 뉴욕 북스의 메일을 확인했다.

[안녕하세요, 작가님. 뉴욕 북스입니다. 영미권을 포함한 12개국에 귀환 영웅과 리턴 테라포밍의 출간이 시작되었습니다. 이미 출간된 중국과 일본, 한국까지 합치면 15개국이네요. 반응은 전체적으로 좋은 편입니다. 귀환 영웅보다 리턴 테라포밍의 반응이 조금 더 긍정적이지만 귀환 영웅의 성적도 나쁘지 않습니다. 이건 아직 확실하게 결정된 사안은 아니지만, ABO 드라마 기획국

에서 귀환 영웅을 눈여겨보고 있는 것 같습니다.]

귀환 영웅과 리턴 테라포밍의 유럽 출간에 대한 내용이었다. 다행히 반응은 나쁘지 않은 것 같았다.

'ABO에서 눈여겨보고 있다라……'

ABO 드라마 기획국에서 귀환 영웅을 주목하고 있다는 뉴욕 북스의 말은 의외였다.

현재 해외 성적은 리턴 테라포밍이 더 좋았다.

그런데 귀환 영웅을 주목하고 있다고 하니 조금 의아할 수밖에 없었다.

'바람이나 쐬고 와야겠다.'

메일을 확인하고 다시 글을 쓰려고 했지만 잘 써지지 않자 결국 바람을 쐬기 위해 옥상으로 올라가는 규현이었다.

옥상에서 멍하니 빌딩 숲을 보았다.

"대표님."

인기척과 함께 사무적인 톤의 목소리가 들리는 방향으로 몸을 돌리니 그곳에 하은이 서 있었다.

"무슨 일이죠?"

"혹시 문학 왕국 공지 올라온 것 보셨습니까?"

"아뇨. 오늘은 문학 왕국 사이트를 확인하지 못했습니다."

최근 문학 왕국의 행보는 거침없었기 때문에 규현은 매일 문학 왕국 사이트에 접속하여 동태를 살폈었다. 그런데 오늘은 확인해 보지 못했다.

갑자기 불길한 예감이 들었다.

"무슨 일 있습니까?"

"일단 사무실로 내려가시죠. 내려가면서 설명해 드리겠습니다."

두 사람은 옥상을 나와 계단을 이용해 사무실이 있는 4층으로 내려갔다. 하은은 계단을 내려가면서 입을 열었다.

"문학 왕국이 동시 연재를 금지했습니다."

하은의 말에 빠른 속도로 계단을 내려가던 규현의 발걸음이 멈췄다.

"정말입니까?"

규현이 진지한 목소리로 물었다. 만약 그녀의 말이 사실이라면 보통 사태가 아니었다.

동시 연재가 막혀 버린다면 작가들을 공유하는 게 불가능해지고 작가들은 어느 한쪽에만 연재하는 상황이 발생하게 된다.

"네, 확실합니다. 제가 올라온 공지를 세 번이나 확인했습니다."

"문학 왕국이 꽤 자신이 있나 보군요."

"아무래도 그런 것 같습니다."

어느덧 4층에 도착했다. 두 사람은 문을 열고 사무실 안으로 들어갔다.

규현은 즉시 자신의 자리로 이동해서 문학 왕국 웹사이트에 접속했다. 그녀의 말대로 동시 연재를 금지한다는 제목의 공지가 올라가 있었다.

확인해 보니 하은이 말한 내용과 동일했다.

"다들 문학 왕국 웹사이트 접속해서 새로 올라온 공지 확인해 보세요."

규현은 다른 직원들에게 공지를 확인할 것을 지시했다.

"이거 정말인가요?"

"문학 왕국이 저희와 한판 하고 싶은 것 같습니다."

얼마 지나지 않아서 문학 왕국의 동시 연재 금지 공지를 확인한 직원들로 인해 사무실이 다소 소란스러워졌다.

"이미 오래 전부터 전면전은 시작되었습니다. 솔직히 크게 놀랍지도 않아요."

문학 왕국과 북페이지와의 전면전은 이미 오래전부터 시작되었다. 그래서 지금 문학 왕국의 거친 행보가 크게 놀랍지는 않았다.

"형, 우리는 동시 연재 금지 공지 올리지 않아도 되는 거예요?"

상현이 조심스럽게 질문했다. 규현의 시선이 상현에게 향했다.

"그렇게 하지 않아도 될 것 같아. 우선 문학 왕국에서 동시 연재를 금지했으니, 그쪽 작가들이랑 겹칠 염려는 없을 거고… 동시 연재가 가능하다는 것을 우리의 장점으로 내세울 생각이야."

문학 왕국은 경솔하게 행동했다. 분명 동시 연재를 원하는 작가들도 있을 것이다. 그런데 문학 왕국은 동시 연재를 제한하는 공지를 올리는 것으로 동시 연재를 원하는 작가들을 내쫓아 버렸다.

문학 왕국에서 버림받은 그들을 규현은 가람북으로 흡수할 생각이었다. 어차피 남아 있는 연재 사이트 중에서 나름 규모가 있는 곳은 가람북밖에 없다.

그들이 동시 연재를 한다고 해도 크게 분산이 되지 않을 확률이 높다고 규현은 생각했다.

"동시 연재로 인한 손해보다 그들을 받아들이면서 얻는 이득이 더 크다는 거군요."

"그런 셈이지."

상현의 말에 규현은 고개를 끄덕이며 대답했다.

"그나저나 문학 왕국에서 이런 초강수를 둘 줄은 몰랐습니다. 이건 대놓고 우리를 저격하는 꼴이지 않습니까?"

칠흑팔검이 말했다.

그는 조금 화가 난 것 같았다. 차분한 표정이었지만 목소리에서 감정의 기복이 느껴졌다.

"이미 문학 왕국과 북페이지는 오래전부터 우리를 대놓고 적대했습니다. 지금 이러는 것도 전혀 이상한 수준이 아니 죠."

규현의 말대로 문학 왕국과 북페이지는 제휴 관계가 되기 전부터 가람과 사이가 크게 좋지 않았었다. 지금 와서 이런 행동을 보인다고 해서 전혀 이상한 게 아니었다.

"하은 씨."

칠흑팔검이 조금 진정하는 모습을 보이자 규현은 하은을 불렀다.

"네, 대표님."

"다른 출판사들 반응은 어때요?"

다른 출판사나 매니지먼트, 특히 문학 왕국에서 활동을 허가 받은 출판사나 매니지먼트의 반응을 확인할 필요가 있었다.

"자세히 확인하지는 못했지만 크게 동요하지 않을 것으로 생각됩니다. 이미 문학 왕국은 출판사나 매니지먼트의 활동을 제한하면서 동시 연재를 금지한다는 신호를 보낸 것이나 마찬가지였으니까요."

하은의 설명에 규현은 고개를 끄덕였다. 일리 있는 말이었다.

문학 왕국에서 출판사와 매니지먼트의 활동을 금지한 그 순간부터 동시 연재 금지는 모두가 예상할 수 있었던 결과였다.

단순한 시간문제에 불과했다.

"형, 저희도 뭔가를 해야 하지 않아요?"

상현이 질문했다. 가만히 있는 것은 그의 성격에 맞지 않았다.

그는 뭔가라도 해야 한다고 생각하고 있었지만 규현의 생각은 달랐다.

규현은 고개를 저으며 입을 열었다.

"우리는 아무것도 하지 않아도 돼."

"네?"

규현의 말에 상현은 깜짝 놀라 되물었다. 규현은 피곤한 얼굴로 하은을 보았다.

"하은 씨, 설명 좀 부탁해요."

규현의 부탁에 하은은 고개를 끄덕이며 상현을 향해 한 걸음 앞으로 나아갔다.

"현재 가람북은 코코아와 제휴 관계에 있습니다. 그래서 코코아에서 가람북 모바일 버전을 서비스하고 있죠. 대중들에 대한 노출은 저희가 압도적이라는 말입니다."

"네. 그건 알고 있어요."

상현이 고개를 끄덕이자 이번에는 규현이 입을 열었다.

"상현아, 만약 비슷한 조건이라면 작가들은 연재를 시작하는 곳을 조회수가 더 잘 나오는 곳으로 선택하지 않을까?"

"당연히 조회수가 더 잘 나오는 곳을 선택하지 않을까요?"

상현이 대답했다.

작가들에게 있어서 조회수는 영양분이나 다름없었다. 만약 조건이 비슷하다면 당연히 조회수가 많이 나오는 곳을 선택할 것이다.

현재 하은이 조사한 바에 의하면 문학 왕국과 가람북의 여러 조건은 비슷했지만 독자 접근성은 코코아와 제휴 계약을 한 가람북이 압도적으로 우수했다.

북페이지와 제휴 계약을 체결한 문학 왕국 또한 접근성은 무시하지 못할 정도였지만 국내에서 스마트폰을 사용하는 사람들이 대부분 사용하는 코코아와 제휴 계약을 체결한 가람북을 이길 순 없었다.

"형, 그래도 뭔가 대비해야 할 것 같은데요? 저희가 경쟁에서 우위를 점하고 있다고는 하지만 확실한 건 아니잖아요."

"저도 같은 생각입니다."

조용히 있던 칠흑팔검이 상현의 말에 동조하듯 고개를 끄덕였다.

규현은 턱을 긁적이며 고개를 숙이고 잠시 생각에 잠겼다.

최근 가람북이 코코아와의 제휴로 인해 날아오르고 있었지만 문학 왕국은 여전히 연재 사이트 1위를 유지하고 있었다.

가람북이 연재란을 만든 지 얼마 지나지 않았기 때문에 1위를 하지 못한 것이라 생각했는데, 생각보다 문학 왕국의 고정 이용층이 두꺼웠다.

"역시 확실하게 잡을 필요가 있다는 거네."

"네, 바로 그거예요, 형."

상현이 규현의 혼잣말을 듣고 흥분한 모습을 보였다.

눈동자를 옆으로 움직여 칠흑팔검을 살짝 엿보니 그도 두 눈을 감고 고개를 끄덕이며 상현의 말에 동조하고 있었다.

규현도 그들의 의견에 크게 반대하는 입장은 아니었다. 문학 왕국이 계속 적의를 보인다면 확실하게 밟을 필요가 있다고 생각했다.

"작가 후원 이벤트를 하는 게 좋겠습니다."

"작가 후원 이벤트요?"

하은이 반문하자 규현은 고개를 끄덕이며 입을 열었다.

"네. 작가 후원 이벤트를 말하는 거예요. 일정 순위 안에 들어간 작가에게 후원금을 지급하는 거죠."

"유료 연재 및 계약 작가도 포함인가요?"

"아뇨. 유료 연재 및 계약 작가는 포함하지 않습니다."

칠흑팔검의 물음에 규현은 고개를 저으며 대답했다. 실질적으로 돈이 들어오는 작가들보다 돈이 들어오지 않는 무료 연재 작가들을 후원할 생각이었다.

"굳이 그럴 필요가 있겠습니까? 상위권 작가들은 사실상 기성 작가들이나 유료 전환을 앞두고 있을 텐데요."

하은이 의견을 말했다.

그녀의 말도 일리가 있었기 때문에 규현은 고개를 끄덕이며 입을 열었다. 보충 설명이 필요할 것 같았다.

"상위권 작가들보다는 중위권과 하위권 작가들을 집중적으로 후원할 생각입니다."

"나쁜 생각은 아닌 것 같네요."

하은이 고개를 끄덕였다.

"하지만 대표님, 그렇게 되면 문제가 생깁니다. 형편성 문제도 있고 상위권 작가들의 불만이 생길 수도 있습니다."

칠흑팔검이 말했다.

"확실히 그럴 수도 있겠네요. 그럼 상위권 작가들도 지원하는 걸로 하죠. 그냥 일정 순위에 들어간 모든 작가들을 후원하는 것으로 합시다. 후원금은 동일하게 해야겠군요. 그래야 말이 없겠죠."

"그게 좋을 것 같습니다."

규현의 말에 칠흑팔검이 동조했지만 옆에 서 있는 하은은 심각한 얼굴이었다.

"하은 씨, 다른 의견이라도 있으세요?"

"아닙니다. 다만 예산이 얼마나 필요할지 계산하고 있었습니다. 몇 명이나 후원할 생각인지, 그리고 한 명에게 얼마의 후원금을 전달할 생각인지 말씀해 주실 수 있으신가요?"

그녀는 회계도 담당하는 경영지원팀장이었기 때문에 알고 있을 필요가 있었다.

"매달 말일에 체크해서 베스트 1위부터 30위까지 30만 원씩 어때요?"

30명이라는 인원은 결코 적은 수가 아니었다. 그들 모두에게 아무 조건 없이 30만 원씩 준다는 것은 많은 손해를 감수하는 것으로 보였지만 이 이벤트가 가져올 마케팅적인 효과를 생각해 보면 결코 손해는 아니었다.

일단 이벤트를 시작하면 많은 작가가 베스트 30위에 들어가기 위해 노력할 것이고 자연스럽게 연재되는 작품들이 늘어날 것이다.

그렇게 되면 궁극적으로 가람이나 파란책에 합류하는 작가들이 늘어날 것이다.

현재 가람북은 코코아와의 제휴 덕분에 독자 수는 문학 왕국이나 북페이지에 비해 비교적 많았지만 연재 사이트에서 연재되는 작품의 수는 밀렸다.

규현이 생각해 낸 작가 후원 이벤트는 가람북의 고질적인 약점을 극복할 수 있게 해줄 것이다.

"매달 900만 원이면 홍보 효과에 비해 크게 부담되지는 않는 금액이네요. 그런데 몇 달이나 할 생각이십니까? 길게 끌면 예산에 조금 문제가 생길 수도 있습니다."

"3개월로 하죠. 하은 씨 말대로 너무 길면 회사 사정에 부담이 갈 수도 있으니까."

하은의 말대로 이벤트가 오래 지속되면 회사 자금 사정에 부담이 갈 수도 있었다.

그것은 규현도 이해하고 있었다. 그래서 3개월이 적당하다고 생각했다.

"3개월이면 적당할 것 같네요. 333이라는 타이틀을 걸면 될 것 같습니다."

"30위, 30만원, 3개월. 괜찮은 것 같네요. 그렇게 진행해 주세요."

규현은 고개를 끄덕였다.

"임시 회의는 이쯤에서 끝나면 될 것 같습니다."

칠흑팔검이 입가에 희미한 미소를 머금은 채 말했다. 규현도 미소를 지었다.

"잠깐 이야기만 하려던 게 졸지에 임시 회의가 되어버렸네요. 대신 오늘 회의는 간단한 보고만 받고 끝내도록 하겠습니다."

정기 회의에서 다뤄야 할 내용을 지금 해결해 버렸으니, 이 따가 있을 정기 회의는 간단한 보고만 받고 끝내도 될 것 같았다.

정기 회의 시간을 단축하겠다는 규현의 말에 직원들은 사무실이다 보니 차마 소리를 지르진 못하고 소리 없는 환호를 보냈다.

평직원들에게 있어서 정기 회의는 시간만 잡아먹는 지루한 시간이었고, 하루나마 그게 약식화되었다는 것은 환영할 만한 일이었다.

"약식 보고만 받을게요. 하은 씨, 그렇게 진행해 주세요."

정기 회의 시간이 되자 규현은 약속대로 약식 보고만 받겠다고 말하며 하은에게 그렇게 지시했다.

하은은 고개를 끄덕이며 약식으로 가람과 가람북의 현황을 보고했다.

"이제 끝났네요? 다들 수고하셨습니다."

하은의 약식 보고가 끝나고 규현은 퇴근을 해도 좋다는 의미의 수고하셨습니다, 라는 말을 하며 회의실을 나왔다.

직원들은 속으로 환호성을 지르며 회의실을 나왔다.

"대표님, 퇴근해도 되는 건가요?"

석규가 만약을 위해 규현에게 확인하듯 물었다. 서랍을 뒤지고 있던 규현이 석류를 보며 입을 열었다.

"네."

직원들이 다시 속으로 환호했다.

내색하지 않으려 했지만 기뻐하는 기색이 역력했다. 하지만 규현의 다음 말이 이어지면서 그들의 소리 없는 환호는 잦아들었다.

"일 끝난 사람만 퇴근하시면 됩니다."

분위기가 급속도로 냉각되었다.

차가워진 분위기를 읽은 규현은 입가에 희미한 미소를 머금은 채 직원들을 보며 입을 열었다.

"그냥 지금 퇴근하세요. 내일 열심히 일하면 되니까."

"대표님! 최고입니다!"

"와아!"

직원들이 환호했고 규현도 덩달아 기분이 좋아졌다.

*　　　　*　　　　*

고급스러운 분위기의 세단 한 대가 정원 옆의 좁은 길을 지나 저택 옆 주차장으로 이동했다.

잠시 후 주차장에 주차된 차에서 깔끔한 정장을 입은 두 명의 남자가 내렸다.

한 명은 조수석에서, 한 명은 운전석에 내렸는데 조수석에서 내린 남자는 백호그룹 후계자 이기태였다.

운전석에서 내린 남자는 기태의 비서 정도 되는 인물로 보였다.

"여기서 기다리고 계세요."

기태는 운전기사를 대할 때도 함부로 하지 않았다. 그는 웬만해서는 말을 낮추지 않는 것으로 유명했다. 그런 그의 성격은 사내에서도 높게 평가되고 있었다.

"예, 도련님."

운전기사는 기태의 직함을 부르는 대신 '도련님'이라는 호칭을 사용했다.

그는 기태가 자신에게서 멀어진 것을 확인하고 조용히 다시 운전석에 탑승하여 스마트폰을 꺼냈다.

혼자 보내는 시간이 잦은 운전기사들에게 있어서 스마트폰은 훌륭한 친구였다.

한편 기태는 저택의 현관 쪽으로 향했다.

기태가 현관으로 향하자 마치 누군가 지켜보고 있는 것처럼 저택의 문이 열리면서 절제된 화려함이 느껴지는 내부가 드러났다.

"수고가 많으십니다."

기태는 저택 내부로 들어섰다. 그는 자신을 향해 고개를 숙이는 저택의 고용인들을 보며 여유롭게 인사를 건넸다.

"회장님께서 서재에서 기다리고 계십니다."

"예, 바로 서재로 갈게요. 감사합니다."

집사가 찾아와 대한그룹의 회장인 이태식이 서재에서 그를 기다리고 있다는 것을 알렸다. 두 사람은 이미 만나기로 약속이 되어 있는 상태였다.

"찬물 한 잔만 주시겠어요? 긴장해서 그런지 입이 바싹 마르네요."

"즉시 가져오겠습니다."

기태는 집사에게 찬물을 부탁했다.

백호그룹의 후계자인 기태도 대한그룹이라는 거대한 기업을 이끄는 이태식 회장을 만날 땐 긴장을 할 수밖에 없었다.

"고마워요."

집사가 가져다준 컵에 담긴 찬물을 한 번에 비운 뒤, 그는 정중하게 고맙다고 말하고는 태식이 기다리고 있는 서재로 발걸음을 옮겼다.

저택은 넓었기 때문에 서재까지 가는 데도 과장하면 시간이 조금 걸릴 정도였다.

서재 앞에 도착한 그가 조심스럽게 노크를 하자 안에서 들어와도 좋다는 허락이 떨어졌다.

기태는 조심스럽게 문을 옆으로 열었다.

"어서 오게, 기태 군. 아니… 직함으로 불러야 하려나?"

태식의 말에 기태는 미소를 머금은 채 서재 안으로 걸어 들어갔다.

"편하신 대로 부르세요, 회장님. 오늘은 일 때문에 찾아온 게 아닙니다."

"하긴, 자네는 일이 관련되면 목소리가 딱딱해지는 버릇이 있지. 오늘 이렇게 부드러운 모습을 보이는 것으로 보니 결코 일 때문에 찾아온 게 아니라는 것을 알겠네."

재벌가들은 서로가 서로를 알고 지내는 경우가 많았고 대한그룹과 백호그룹의 사이도 나쁜 편이 아니었기 때문에 태식과 기태도 안면이 있었다.

게다가 대한그룹의 회장인 태식이 백호그룹의 회장인 기태의 아버지와도 자주 교류를 하는 사이다 보니 기태도 자연스럽게 자주 만날 수밖에 없었다.

기태가 어렸을 때는 정말 자주 만난 사이였지만 그가 슬슬 회사 일을 배우기 시작하면서 바빠지자 만나는 빈도가 크게 줄었다.

"제 습관을 잘 알고 계시네요."

"당연한 것 아닌가? 본 세월이 얼만데……."

기태의 말에 태식은 미소를 지었다.

기태의 사소한 버릇 정도는 잘 알고 있는 태식이었다.

"이런… 손님을 너무 세워두었군. 어서 앉게나."

"감사합니다."

태식의 말에 기태는 고개를 숙여 감사를 표하며 근처에서 편해 보이는 의자를 끌어와 앉았다.

"그래. 오늘은 무슨 일로 찾아왔는가?"

고용인이 다과를 내려놓고 나가기 무섭게 태식은 기태를 보며 묻자 그는 눈동자를 이리저리 굴리며 고뇌하는 듯한 표정으로 입을 열었다.

"실은 지은 씨에 대한 이야기를 하고 싶어서 왔습니다."

"왜? 우리 지은이가 마음에 들기라도 하는가? 유감이지만 자넨 임자가 있지 않은가? 하하."

태식이 너스레를 떨었다. 기태도 입가에 가벼운 미소를 머금었지만 눈은 웃고 있지 않았다.

"사실은 그런 문제가 아닙니다. 조금 더 중요한 문제죠."

"자네 목소리가 사무적으로 변했군."

태식의 눈동자가 반짝였다. 기태는 어깨를 으쓱해 보였다.

"어쩌면 일이라고 할 수도 있겠죠."

비즈니스라고 할 수도 있었다. 중요한 사업 파트너인 태산그룹과 사교클럽이 관련되어 있으니까.

"어서 말해보게. 난 질질 끄는 것을 싫어해."

차가운 눈빛으로 경고하는 태식.

기태는 미소를 머금으며 고개를 끄덕였다. 태식의 성격은 잘 알고 있었다.

"이지은 씨에게 남자가 생긴 것 같습니다."

"지은이에게 남자가 생겼다고?"

태식이 흥미로운 표정으로 턱을 긁적였다. 지은의 남자가 그가 좋아하지 않는 장르 문학 작가라는 것을 모르고 있었기 때문에 가능한 반응이었다.

"역시 궁금하신가 보군요."

기대가 클수록 실망도 큰 법이고 실망이 클수록 반대급부로 분노도 커진다. 그것을 잘 아는 기태의 입가에 미소가 번졌다.

"아무래도 궁금할 수밖에 없지 않겠나. 자네도 알다시피 내가 감정 표현에 서투르지만 누구보다 딸들을 생각한다네."

태식은 감정 표현에 서툰 남자였지만 누구보다 가족을 생각하고 있었다.

그 간섭은 지나칠 정도였지만 본인은 그렇게 생각하지 않는 것 같았다.

하지만 기태는 가족에 대한 태식의 통제가 심한 편이라는 것을 알고 있었다.

그렇기 때문에 그는 지은의 남자에 대해 호기심을 보이는 태식의 모습에 속으로 미친 듯이 웃었다.

일이 재밌게 진행될 것 같았다.

"자네 설마 장난치는 건가? 나는 장난을 별로 좋아하지 않
네."

"아뇨. 그런 건 아닙니다."

정색을 하는 태식을 보며 기태는 고개를 저었다.

어쭙잖게 장난치는 것을 싫어하는 태식의 성격을 잘 알고
있는 기태였다.

그런 그에게 장난칠 리가 없었다.

태식은 무려 대한그룹의 회장이었으니까.

"그럼 어서 말해보게나. 나는 질질 끄는 것을 싫어해."

태식의 말에 기태는 고개를 끄덕이며 입을 열었다.

"물론 알고 있습니다. 다만, 회장님께서 충격을 받으실까 봐
걱정되어 입을 열기를 망설이는 것이니 용서해 주시길 부탁드
리겠습니다."

"지은이가 만나는 남자가 내가 충격받을 만한 사내라는 건
가?"

"예."

기태의 대답에 태식은 그제야 자못 심각한 표정을 지었
다.

그는 찻잔을 입가로 가져가며 입을 열었다.

"괜찮으니 말해보게."

"혹시 정규현이라고 아십니까?"

"아니, 모른다네."

기태의 물음에 태식은 고개를 저었다. 그가 규현을 알고 있을 리가 없었다.

규현이 유명하다고는 하지만 이쪽 분야에 관심이 전혀 없는 태식이라면 충분히 모를 수도 있었다.

"정규현이라고 장르 문학 작가가 있습니다."

"그놈이 지은이랑 만난다는 놈인가?"

기태의 말을 반쯤 자르다시피 하며 태식이 끼어들었다. 그도 눈치가 없는 편은 아니었고 기태가 규현의 이름을 언급한 것은 이유가 있다고 생각했다.

지금 상황에서 규현이 지은이 만나는 남자라는 것을 유추하는 것은 어려운 일이 아니었다.

기태는 필요 없는 말을 하지 않는 주의였고 그의 입에서 규현의 이름이 나온 것은 결코 의미 없는 게 아니었을 테니까.

"네, 그렇습니다."

기태가 대답했다.

원래 그의 성격은 더 뜸을 들여서 상대가 안달 나게 하는 것을 즐기는 것이지만 눈앞의 상대가 대한그룹 회장인 만큼 그런 미친 짓을 할 수는 없었다.

"정규현이라……."

태식의 표정이 싸늘하게 굳었다.

규현이 어떤 사람인지 자세히 몰랐지만 기태는 그를 장르 문학 작가라고 말했다. 그 사실 하나만으로 규현의 이미지는 크게 나빠졌다.

태식은 장르 문학 작가에 대한 안 좋은 고정관념이 뿌리 깊게 박힌 사람이었다. 그래서 규현이 결코 좋게 보이지 않았다.

"곽 실장."

태식은 비서실장이며 자신의 수족이 되어 움직이는 곽수종을 호출했다.

서재 바로 밖에서 대기하고 있던 수종이 조심스럽게 안으로 걸어 들어왔다. 그는 테가 없는 안경에 단정한 정장을 입은 깔끔한 이미지의 남자였다.

"부르셨습니까, 회장님?"

"정규현 작가에 대해 조사해."

"지금 당장 말씀드릴 수 있는 정보가 조금 있습니다. 어떻게 할까요?"

수종은 장르 문학에 조금이나마 관심을 가지고 있었기 때문에 규현에 대해 어느 정도 정보를 가지고 있었다.

"정보를 이미 가지고 있다고?"

"네. 대외적인 정보는 가지고 있습니다."

수종이 대답했다. 규현의 경우 다른 장르 문학 작가들이랑 달리 많이 유명했기 때문에 대외적으로 드러난 정보가 많았다.

하지만 좀 더 자세한 신상을 파악하기 위해선 시간이 걸릴 것이다.

"일단 대외적으로 알려진 것만 말해봐."

상세한 신상을 파악할 때까지 태식은 기다릴 수 없었다. 그는 우선 수종에게 알려진 규현의 정보를 말해줄 것을 요구했다.

수종은 자신이 알고 있는 규현에 대한 모든 것을 태식에게 보고했다.

아무리 장르 문학에 다소 관심이 있는 편이라고는 하지만 규현의 프로필을 모두 외우고 있는 것은 아니었기 때문에 그 자리에서 스마트폰으로 인터넷 검색을 하면서 대외적으로 드러난 규현의 모든 것을 보고했다.

"그러니까 해외 출판도 하고 한국에선 상당히 유명한 작가라는 이거지?"

"네. 그렇습니다."

태식의 말에 수종은 고개를 끄덕였다.

"미드 작가로도 진출했고 사업가로서도 상당히 유능한 모습을 보이고 있다고 합니다."

"그래도 장르 문학 작가라는 사실은 변하지 않아."

수종은 규현의 긍정적인 면을 부각시켜 보고했지만 태식은
차가웠다.

장르 문학 작가에 대한 고정 관념이 무서울 정도로 깊이 박
혀 있었다.

"일단은 좋아. 잠시 나가 있어."

"예, 회장님."

수종은 고개를 숙인 뒤 서재에서 나왔다. 그의 뒷모습을
두 눈으로 좇던 태식은 수종이 시야에서 사라지자 기태를 향
해 시선을 옮겼다.

"기태 군. 정보를 알려줘서 정말 고맙네. 자네가 아니었다면
나는 속고만 있었을 것이야."

"마땅히 해야 할 일을 했을 뿐입니다."

기태는 입가에 미소를 머금으며 대답했다.

"이 일은 빠른 시일 내에 보답하도록 하지."

태식은 말을 끝내며 스마트폰을 들어 올려 어딘가로 전화
를 걸었다. 일종의 축객령이었기 때문에 기태는 의자에서 일
어나 정중하게 고개를 숙인 뒤, 서재를 나왔다.

저택을 나와 주차장으로 향하는 길에 그는 잠시 발걸음을
멈추고 스마트폰을 들어 올려 어딘가로 전화를 걸었다.

―형님!

연결음이 끝나면서 기태에게는 너무나 익숙한 목소리가 그의 귓가를 파고들었다.

―일은 잘 해결된 겁니까?

인한의 물음에 기태는 대답 대신 입꼬리를 끌어 올렸다. 모든 게 계획대로 흘러가고 있었다.

＊　　　＊　　　＊

문학 왕국 사무실, 편집기획부 회의실에 편집기획부장 강형석과 기획팀장 서장훈, 그리고 편집팀장 한예나가 앉아 있었다.

그들의 앞에 놓인 종이컵에는 커피가 담겨 있었는데 꽤 오랜 시간이 지난 건지 차갑게 식어 있었다.

"늦어서 죄송합니다."

회의실 문이 열리고 마케팅부장 박경진이 걸어 들어왔다.

그의 안색은 상당히 창백해서 어딘가 아파 보였지만 평소 그의 안색이 창백하다는 것을 세 사람은 알고 있었기 때문에 별 다른 반응이 없었다.

"조금 늦으셨네요, 박경진 부장님."

"예. 급히 처리해야 할 일이 있어서 조금 늦었습니다. 죄송합니다."

"괜찮습니다. 원래 안 오셔도 되는데⋯ 오셨으니 이 정도는 이해합니다."

형석의 말에 경진은 희미한 미소를 머금었다.

사실 지금 회의는 편집기획부 회의였기 때문에 경진은 참석할 필요가 없었으나, 마케팅 부와 조율해야 할 내용이 있어서 원활한 업무 처리를 위해 형석의 요청으로 참석하는 것이었다.

갑작스럽게 회의 참석을 부탁하다 보니 경진의 입장에선 일정 조정이 힘들 수밖에 없었고 그러다 보니 늦게 된 것이었다.

"그럼 회의를 시작하겠습니다. 서 팀장, 현 상황을 보고하세요."

형석이 장훈을 보며 물었다. 원래 그는 평소 부하 직원들에게 말을 낮추지만 바로 옆에 같은 부장 직함을 가지고 있는 경진이 있어서 말을 높여주고 있었다.

"보고서를 확인하시면 아시겠지만 상황은 꽤나 심각합니다."

장훈의 말에 회의실의 사람들은 각자의 앞에 놓여 있는 서류 더미를 뒤적여 그가 언급한 보고서를 찾아내 확인했다.

"흠."

보고서를 확인한 형석의 표정이 어두워졌다. 보고서는 동시 연재 금지 이후 작가들의 움직임에 대한 것이었는데 장훈의 말대로 부정적인 내용이 가득했다.

　"우리 문학 왕국이 이 정도밖에 안 되는 것입니까? 대표님께서 많이 실망하시겠군요."

　형석은 그렇게 말하고 고개를 저었다. 장훈과 예나는 형석의 눈치만 살필 뿐이었다. 그 모습에 형석은 대놓고 한숨을 쉬었다.

　"일단 대표님께 보고드리는 것을 조금 미루는 게 좋을 것 같습니다."

　마케팅 부장 박경진이 조심스럽게 말했다.

　문학 왕국 대표는 자신의 회사에 대한 애착과 자부심이 매우 강했다.

　그런데 보고서에는 동시 연재를 금지한 이후로 작가들이 문학 왕국을 떠나고 있다는 내용이 적혀 있었다.

　보고를 하게 되면 분명 좋은 소리는 듣지 못할 것이다.

　"네. 일단 보고는 조금 미룰 필요가 있다고 생각되네요."

　형석이 고개를 끄덕이며 말했다. 경진의 의견에는 적극적으로 동의했다.

　"하지만 부장님, 언제까지고 대표님께 숨길 수만은 없습니다. 정기 보고도 있지 않습니까?"

장훈의 목소리가 조금 높아졌다.

정기 보고에서 고의로 보고서를 누락시킨다면 나중에 문제가 커질 수 있었다.

"정기 보고 때는 당연히 보고서 올려야죠. 다만 그때까지 잠시 보류한다는 겁니다. 일단 지금 종이책 사업 예산을 책정 중이니… 확정돼서 발표한다면 연재 작가들의 동요도 사그라들 겁니다."

형석이 마지막으로 기대를 걸고 있는 것은 종이책 사업이었다.

기성 작가들은 덜하지만 신인 작가들은 종이책에 대한 묘한 로망을 가지고 있는 경우가 많았다. 그래서 형석은 종이책을 내걸면 문학 왕국에서 연재하는 연재 작가들의 수가 늘어날 것이라고 생각하고 있었다.

"저… 그런데… 종이책 사업은… 아직 예산도 배분되지 않았고… 확정될지 불확실하지 않나요?"

침묵을 지키고 있던 편집팀장 한예나가 말했다. 종이책 사업은 준비할 것도 많고 예산이 많이 필요할 뿐만 아니라 종이책 시장 자체가 대여점의 몰락과 함께 기울고 있기 때문에 많은 검토가 필요했다.

기획안을 올리긴 했지만 어떻게 될지 모른다는 소리였다.

"오늘 경영지원팀장이 제게 말해주기로 했습니다. 아마도 긍정적인 소식을 가지고 올 것이라 생각이 되는군요. 적어도 저는 그렇게 생각합니다."

"만약 경영지원팀장님께서 긍정적인 소식을 가지고 오지 못한다면 어떻게 하실 겁니까? 종이책 사업이 무산되면 말입니다."

장훈이 말했다. 생각하기 싫지만 최악의 경우도 염두에 둘필요가 있었다. 그것을 형석도 잘 알고 있었기 때문에 별말없이 고개를 끄덕였다.

"종이책 사업은 아마 진행될 것 같습니다. 대표님이 긍정적으로 검토하셨다고 들었습니다."

마케팅 부장 박경진이 말했다.

"대여점의 몰락과 함께 종이책 사업은 빛을 잃었다고는 하지만 아직까지 그래도 수요는 있습니다. 그리고 저는 종이책을 일종의 투자라고 생각합니다. 신인 작가들과 기성 작가들의 마음을 잡는 것이죠. 대표님은 물론이고 다들 중요성을 알고 있을 테니, 좋은 결과를 기대하고 있습니다."

종이책은 아직까지 여러 방면으로 활용될 수 있었다. 조금 늦은 감이 있긴 하지만 종이책 사업에 뛰어드는 것도 나쁘지 않다고 형석은 생각했다.

문학 왕국 대표도 그것을 알고 있을 것이다. 다만, 준비할게 많아서 신중한 모습을 보이는 것이다.

똑똑.

"들어오셔도 좋습니다."

노크 소리에 형석의 목소리가 밝아졌다.

그는 문을 열고 들어올 사람이 경영지원팀장이라고 예상했다. 그리고 예상대로 경영지원팀장 강나현이 문을 열고 들어왔다.

"강 부장님."

"네, 말씀하세요."

회의실 안의 사람들의 시선이 나현에게 집중되었다. 그녀에게 시선을 집중하는 것은 형석 또한 마찬가지였다.

"종이책 사업 통과되었습니다!"

『작가 정규현』 8권에 계속…

초대형 24시 만화방

신간 100%, 샤워실, 흡연실, 수면실(침대석), 커플석, 세탁기 완비

■ 광명 광명사거리역점 ■

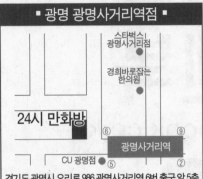

경기도 광명시 오리로 986 광명사거리역 6번 출구 앞 5층
02) 2625-9940 (솔목타워 5층)

■ 강북 노원역점 ■

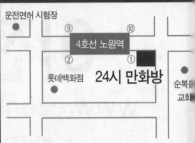

서울 노원구 상계동 340-6 노원역 1번 출구 앞 3층
02) 951-8324 (화용빌딩 3층)

■ 일산 정발산역점 ■

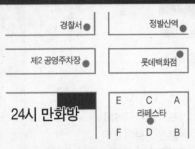

라페스타 E동 건너편 먹자골목 내 객잔건물 5층
031) 914-1957

■ 일산 화정역점 ■

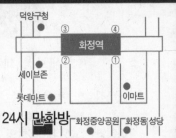

경기도 고양시 덕양구 화정동 984번지 서일빌딩 7
031) 979-4874 (서일사우나 건물 7층)

■ 부천 역곡역점 ■

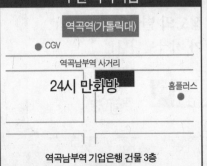

역곡남부역 기업은행 건물 3층
032) 665-5525

■ 부평역점 ■

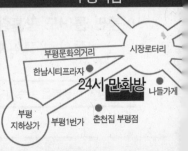

(구) 진선미 예식장 뒤 한신포차 건물 10층
032) 522-2871

한의 韓醫 스페셜리스트

가프 장편소설

FUSION FANTASTIC STORY

돌팔이 소리만 듣던 한의사 윤도.

달라지고 싶은 마음에 찾아간 중국 명의순례에서
버스 추락 사고에 휘말리고 마는데⋯⋯.

구사일생으로 살아 돌아온 지 30일.
전에 없던 스페셜한 능력들이 생겼다?

초짜 한의사에서 화타, 편작 뺨치는 신의로!
세상의 모든 질병과 인술 구현에 도전한다!

Book Publishing CHUNGEORAM

FUSION FANTASTIC STORY

묘재 장편소설

7번째 환생

이 모든 것이 신의 장난은 아닐까.

영원한 안식이 아닌,
환생이라는 저주 아닌 저주 속에서 여섯 번째 삶이 끝났다.

"드디어 내 환생이 끝난 건가?"

그런데 뭔가, 지금까지와 다른데?

"멸망의 인도자 치우, 그대에게 신의 경고를 전하겠어요."

최치우, 새로운 7번째 삶이 시작된다!

Book Publishing CHUNGEORAM

유행이 아닌 자유추구 -
WWW.chungeoram.com

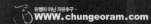